VIE

DE

S. CAMILLE DE LELLIS

FONDATEUR DES CLERCS RÉGULIERS,

MINISTRES DES INFIRMES

ET PATRON DES HOPITAUX D'APRÈS LE PAPE LÉON XIII

PAR LE CHANOINE BÉLUZE

Missionnaire Apostolique, Chevalier du Saint-Sépulcre.

CITEAUX

(Côte-d'Or)

IMPRIMERIE. — LIBRAIRIE SAINT-JOSEPH.

—

1888

VIE

DE

S. CAMILLE DE LELLIS

VIE

DE

S. CAMILLE DE LELLIS

FONDATEUR DES CLERCS RÉGULIERS,

MINISTRES DES INFIRMES

ET PATRON DES HOPITAUX D'APRÈS LE PAPE LÉON XIII

PAR LE CHANOINE BÉLUZE

MISSIONNAIRE APOSTOLIQUE, CHEVALIER DU SAINT-SÉPULCRE.

CITEAUX

(Côte-d'Or)

IMPRIMERIE. — LIBRAIRIE SAINT-JOSEPH.

—

1888

DÉCLARATION DE L'AUTEUR.

D'après le décret d'Urbain VIII, je déclare que tous les faits merveilleux insérés dans le premier chapitre de la survivance de S. Camille, où je parle de ses premiers successeurs, n'ont été qu'une autorité simple et humaine, bien que provenant de source certaine.

APPROBATION

Nous sommes fondés à espérer que cet ou·
vrage est appelé à produire d'heureux résul-
tats pour le salut des âmes.

Sion le 13 Mai 1888

† ADRIEN, *Evêque de Sion*

ÉPITRE A M. ANGEL DE B.....

PRÊTRE DES MISSIONS LOINTAINES.

Mon cher Angel,

Etant encore dans le monde et en voyage, vous étiez frappé du costume et du dévouement de certains religieux qui, avec une croix rouge sur leurs manteaux et sur leurs soutanes, soignaient les malades dans les hôpitaux de l'Italie; vous m'écrivites à ce sujet, je vous répondis qu'ils étaient les *Ministres* des *Malades*, établis par saint Camille de Lellis.

Il y a quelques mois, vous me manifestâtes le désir de les attirer dans les contrées que vous évangélisez avec tant de succès, je vous ai encouragé à les appeler près de vous, vous ne vous en repentirez pas, ils ont un si bon esprit.

Mais voilà que vous me conjurez de composer une Vie abrégée de saint Camille de Lellis, bien divisée en Livres et en courts et intéressants Chapitres, afin de la mettre entre les mains de vos Néophytes.

N'ayant rien à vous refuser, mon cher Ami, je

vais, malgré mes nombreuses occupations, vous
obéir.

Le Premier Livre sera sur la vie séculière de saint
Camille; le Second sur sa conversion, sur sa vocation et sa vie religieuse; le Troisième sur sa survivance.

1° Par sa survivance, j'entends les vertus qu'il
a pratiquées; les dons surnaturels dont il a été
gratifié ici-bas.

2° L'honneur de sa Canonisation et les miracles
qui ont suivi sa mort.

Enfin la prolongation de son 'existence pour ainsi
dire dans ses disciples, victimes plus d'une fois, de
leur charité, dans les temps reculés et rapprochés
de nous.

Je terminerai cette biographie par une neuvaine,
par des Litanies et par un cantique en l'honneur de
ce saint Vincent de Paul de l'Italie.

PROLOGUE

OU ÉLÉVATION A SAINT CAMILLE DE LELLIS.

Habitant de la véritable patrie abaissez votre regard sur une âme exilée et daignez bénir ce travail, entrepris pour vous faire connaître, et commencé le jour de l'Ascension du Sauveur, dans une Basilique gardienne du suaire qui couvrait dans le Sépulcre son auguste face.

Cadouin, diocèse de Périgueux et de Sarlat.

19 Mai 1887

PRÉLUDE

LE SIÈCLE DE SAINT CAMILLE
ET LE PRÉCÉDENT

Ce qui précède la vie de saint Camille. — Le pro-
testantisme. — Ses deux auteurs. — Leur
Doctrine et leur Morale. — Leurs effets. -- Ils
s'étendent jusqu'à Rome. — Le pape Clément VII
— Mal réparé. -- Les apôtres et les martyrs. —
Les pasteurs. — Les fondateurs et fondatrices.
— Les nombreux Saints contemporains à la mort
de saint Camille : François de Sales, Jeanne de
Chantal et Vincent de Paul surgissent avec leurs
œuvres.

Pour bien comprendre cette vie très abrégée de saint Camille, il faut étudier le siècle
qui la précède, et celui où il a vécu. Que de
mal avant lui ! et pendant sa vie quels remèdes
Dieu oppose à tant de plaies, faites à son
Église !

Après la fin du grand schisme d'Occident,
Dieu dans sa juste colère avait déchaîné,
comme deux ouragans, dans Luther et
Calvin.

1*

Luther est grand comme Lucifer révolté contre Dieu; comme Mahomet appuyé dans son œuvre par l'infamie, la violence et l'effronterie.

Calvin savant pour séduire, vain pour ne jamais douter de lui, était vindicatif, autoritaire, froidement méchant, d'une fourbe austérité, repoussant par son extérieur, au lieu d'inspirer l'affection et le respect il éloignait de lui par la crainte.

Leur doctrine et leur morale ont été et sont encore le premier coup de cloche de la fin des choses, ils sont les profonds ennemis de la parole divine, avec leur libre pensée.

Ils ont désolé l'Église, vierge, qui réjouissait le cœur de celui qui est la vérité; cette Épouse depuis quinze cents ans avait gardé inviolablement le dépôt de la foi, ils ont sapé du même coup la foi et les mœurs, ils ont donné une croyance, qui peut subsister avec tous les crimes, ils ont entraîné dans la ruine quatre royaumes et vingt-quatre confédérations.

Ils ont détourné du célibat et des vœux de

religion; ils ont aboli presque tous les sacrements; dégradé le mariage ; ils ont méprisé
les plus célèbres conciles ; les Docteurs les
plus fameux, les traditions et les enseignements les plus respectables, l'auguste sacrifice
de l'autel, les images et les reliques des
Saints, la pénitence et les œuvres satisfac-
toires.

Toutes les générations criminelles recon-
naîtront leurs pères dans Luther et Calvin,
toutes les scories de l'humanité s'échappent
par le crater du protestantisme, toutes les
dépravations, toutes les haines, toutes les
guerres ont afflué vers ce volcan.

En Germanie, en Norwège, en Suède,
l'hérésie a été l'œuvre de la cupidité et de
l'ignorance, en Helvétie, elle a été l'ouvrage
de l'épais et lourd orgueil ; en Angleterre,
elle a été la fille de la volupté ; en France,
elle a été le fait du goût pour la nouveauté.

Peu avant la naissance de saint Camille, le
pape, dans Rome, ne fut pas à couvert des
attentats des protestants. Clément VII eut à
souffrir dans la Ville éternelle, prise par l'ar-

mée espagnole, où étaient dix-huit mille sacrilèges conduits par un Luthérien, le comte de Ironsberg.

Mais respirons après l'orage ; Dieu envoie le calme. Je vous salue commencement et fin du siècle de Camille de Lellis.

Cinquante royaumes ou principautés sont gagnés, en dix ans, au Sauveur par saint Xavier, l'apôtre des Indes et du Japon; d'autres apôtres pénètrent dans les terres brûlantes du Brésil, dans les forêts glacées du Canada, au sein de l'Afrique réputée si longtemps inhabitable ; Christophe Colomb ouvrira des voies nouvelles aux missionnaires.

Après les Apôtres le sang des martyrs empourprera la terre du Japon et la fécondera.

Dieu suscitera à l'époque d'un concile œcuménique une foule de saints pasteurs, c'est Pie V, successeur de Pierre, c'est Thomas de Villeneuve, Barthélemy des Martyrs, Charles Borromée.

La Providence produira des fondateurs et fondatrices d'Ordres dans Ignace de Loyola, dans Philippe de Néri, dans Gaétan de Thiene, dans Pierre d'Alcantara, dans Thérèse, dans Jean de la Croix, dans Jean de Dieu, dans Angèle de Breschia, dans Joseph Calazance.

Du vivant de Camille apparaissent saint André Avellin, Pierre Fourrier de Mathincourt, François de Borgia, Louis de Gonzague, Stanislas de Costka, Madeleine de Pazzi.

Et à l'heure où Camille va disparaître, se lèveront comme des astres nouveaux François de Sales, Jeanne de Chantal et Vincent de Paul.

Je ne terminerai pas ce chapitre sans une remarque frappante : treize papes parurent sur le siège de saint Pierre pendant la vie de saint Camille; il naquit sous Jules III, il mourut sous Paul V, qui lui envoya, à son agonie, la bénédiction apostolique. Sixte-Quint confirma sa Congrégation par deux brefs. Clement VIII accorda une bulle à l'Institut. Ce pontife se confessait tous les jours au cardinal Baronius et célébrait chaque matin la sainte messe avec larmes.

Le pontificat de Grégoire XIII sera à jamais célèbre par la réforme du Calendrier.

LIVRE PREMIER

La vie séculière.

CHAPITRE Ier

LA NAISSANCE.

La mer Adriatique. — Belle journée de septembre. — Les Abruzzes. — Magnifiques points de vue. — Les villes de Théate, de Bocchianico, terre natale de Camille. — Ses nobles parents. — La vision des Croix. — Consécration de la Messe. — Le tressaillement. L'accouchement devenu facile sur la paille et dans une étable.

Un souvenir bien éloigné, cher Angel ; dans une belle journée de septembre, nous faisions un double pèlerinage, nous descendions du mont Gargan, nous nous dirigions vers la ville de Bari, au tombeau de saint Nicolas, où chaque matin il signale sa puissance. Nous cotoyons la mer Adriatique, calme et azurée comme le ciel de l'Italie, nous faisons une halte dans les Abruzzes, dans la ville de Chieti, ou Théate ; de la cathédrale et de l'évêché, nous avons des points de vue ravissants, des montagnes en étagère, sans nous en douter, nous étions à une très petite distance de la terre natale de saint Camille de Lellis, à une demi heure.

Le 25 mai 1550, cet élu naissait à Bocchianico, au royaume de Naples, et dans la même année mourait saint Jean de Dieu, l'un et l'autre déclarés Patrons des hôpitaux par Léon XIII.

Camille vint au monde un dimanche, en la fête du pape et martyr saint Urbain, patron de la localité, c'était dans l'année jubilaire, la première du pontificat de Jules III.

La famille de Lellis, tire son origine, d'après de graves auteurs, des Lellins, patriciens de l'ancienne Rome, illustres comme les Scipion. Les Lellins furent relégués dans les Abruzzes, au second sac de Rome, par l'ordre de Totilla, roi des Goths.

Jean de Lellis intrépide capitaine de Charles-Quint, épousa une noble fille, nommée Compellio.

De leur union naquirent deux fils, Joseph qui mourut au berceau et Camille. Il s'écoula un grand nombre d'années entre les deux naissances.

L'épouse de Lellis avait soixante ans, elle avait les cheveux blancs et le front ridé à la naissance de son second fils, le peuple en la voyant passer, la saluait respectueusement et disait tout bas : Voilà sainte Elisabeth.

Cette digne Mère fut attristée par une vision céleste avant sa délivrance : l'enfant qu'elle portait dans son sein avait une croix rouge sur sa poitrine, et avait aussi dans sa petite main pour étendard une croix; une troupe d'enfants le suivaient et étaient décorés comme lui de la croix.

Ces signes du salut bien loin de rassurer la Mère étaient pour elle des pronostiques de grands malheurs. Ce jour là même, elle était à l'église, elle assistait à la messe, au moment de la consécration, l'enfant tressaillit comme Jean-Baptiste devant son Créateur.

Saisie des douleurs de l'enfantement, la

Mère rentra dans sa maison, les souffrances redoublant elle se fit descendre à l'étable, et étendue sur la paille, elle accoucha sans difficulté. C'était un doux rapprochement du Sauveur déposé dans une crêche.

CHAPITRE II.

LE BAPTÊME.

Le 21 mai, l'enfant fut porté à l'église de Saint-Michel. — Le ministre du sacrement, fut l'archiprêtre Corrado. — Le parrain fut le baron de Torricela, la marraine, fut Simona d'Urgis, son épouse.

Deux jours après, le 21 mai, l'enfant porté à l'église de Saint-Michel, fut baptisé par l'archiprêtre Corrado et eut pour parrain et marraine le baron de Torricela et Simona d'Urgis, son épouse.

Cette naissance précédée de faits étonnants et d'une vision merveilleuse, remplissait de joie et d'admiration les habitants de ville et leur faisait dire comme ceux d'Hébron: que sera un jour cet enfant?

Le baptême est la porte du ciel; par cette porte le chrétien entre dans le temps. Avant ce sacrement, la frêle créature, qui avait poussé son premier cri de douleur en sortant du sein maternel était enveloppée d'une robe

de malédiction. Mais par l'effusion des eaux
salutaires, le vassal de l'enfer devient l'héritier du paradis.

Le berceau du nouveau baptisé, contient
de grandes espérances, le berceau de Moïse
contenait l'espérance du monde, celui qui y
reposait, ne craignait pas le péril qu'il cou-
rait, il ne savait que faire trois choses : dor-
mir, pleurer et sourire.

Jeune Camille, emmailloté, vous ignorez
le passé, vous souriez au présent, au bon
ange qui vous apparaît et qui vous garde,
vous ne redoutez pas l'avenir, vous ne rêvez
que le paradis. Vous ravissez par votre cou-
loris si pur, par votre regard vif et doux, par
votre front que ne voile encore aucun nuage,
vous êtes une fleur splendide et joyeuse, qui
s'épanouit aux premiers rayons de la grâce.

Qui veillera sur ce trésor ? Ce sera la Mère,
personnification de l'amour, elle achèvera de
créer l'enfant, obtenu dans sa vieillesse,
en le nourrissant, elle mettra son sang dans
son sang, sa chair dans sa chair, elle lui ap-
prendra à mêler à son nom si doux sur la

terre, les noms bénis d'un Père et d'une mère, qui sont dans les cieux.

Les conseils de la mère s'effaceront difficilement de la mémoire du fils, qui grandira. Si à dix-neuf ans, il sent la tempête mugir sur sa poitrine, il sera plus grand que l'orage, il entendra une voix assez puissante pour commander aux flots soulevés, *ce sera celle de sa Mère.*

CHAPITRE III

LA MÈRE.

La famille née du souffle de Dieu. — Soins de la
mère pour son enfant en bas âge. — Usage en
Italie de conférer le sacrement de confirmation de
bonne heure. — Mgr Pierre Caraffa, Doyen des
cardinaux, évêque de Théate, agé de 80 ans et
depuis, devenu pape sous le nom de Paul IV a du
confirmer le jeune Camille, son diocésain.

La famille est née du souffle de Dieu,
dans les berceaux de l'Éden; en formant
l'homme et sa compagne, et complétant l'un
par l'autre, Dieu a fait l'époux avec le don
de la force et l'épouse avec celui de la ten-
dresse, telles sont ces deux moitiés de la
même âme, et l'enfant, fruit de ces deux
dons, est multiplié par la bénédiction
divine.

Camille grandissait, son naturel aimable
développé par l'attention maternelle le faisait
chérir de toute la ville.

En Italie le sacrement de confirmation est administré à cinq ou six ans, il nous est permis de penser que Camille devint à cet âge parfait chrétien et soldat de Jésus-Christ.

Et ce fut peut-être Mgr Pierre Caraffa, Doyen des cardinaux, évêque de Théate, agé alors de 80 ans, qui confirma le jeune Camille, son diocésain. Ce saint évêque qui fut l'Instituteur avec saint Gaétan des Théatins ainsi nommés à cause de l'évêché de Théate, devint pape sous le nom de Paul IV, il fut le successeur de Marcel II.

Dieu avait dit à Noé, les sens et les pensées de l'homme sont portés au mal, dès son adolescence, la Religion, Mère vigilante, a voulu prémunir contre de nombreux écueils l'enfance qui finit.

A cette époque de transition, le danger augmente, le cœur ne tardera pas de s'enflammer d'un feu ignoré jusque là, il faut alors soutenir les pas incertains et chancelants, il faut un bâton dans la main de ce voyageur, heureux, s'il peut concevoir la Divinité, si le verbe incarné peut devenir l'immense génie, qui saisira, qui remplira les facultés de son âme agrandie.

Dans sa route, s'il reçoit l'Esprit saint avec ses nombreux trésors, il ne craindra pas les sentiers d'abord fleuris, et ensuite bordés de ronces et d'épines, et en dernier lieu couverts de précipices et d'abîmes.

CHAPITRE IV

La première communion en Italie. — C'est le jour
par excellence. — La bonne et salutaire et *inefa-
çable* éducation donnée par une Mère...

En Italie, la première communion ne se
fait pas solennellement comme en France.
Mais en famille ; la mère prépare assez longtemps son enfant et le conduit elle-même à
la table eucharistique.

Camille, par les exemples et les conseils
de sa vénérée mère dût être bien disposé à
ce grand acte, dont dépend toute la vie.

Ce jour ne se confond point avec ceux de
l'enfance, il reste radieux parmi tous les autres. Qui l'a donc ainsi marqué ? c'est la bonté de Dieu, qui réjouit la jeunesse. Il n'a pas
voulu que cette journée de pureté, de prière
et d'espérance, où au printemps de la vie il
se donna à nous en nourriture, pût s'en aller
inaperçu de notre esprit et de notre cœur.

2

Dans cette vie, le bonheur parfait est si rare, qu'il est bon de se ressouvenir du jour que nous a donné une félicité sans nuage et toute rayonnante des joies ineffables du ciel.

La mère pieuse participe à l'allégresse de son enfant, avec un tendre embrassement, avec un accent plus facile à destiner qu'à reproduire, avec l'amour du cœur, avec la force de la sympathie, avec la pénétration de la voix, avec le charme du sourire et des larmes, avec l'amabilité des manières, elle fait descendre un enseignement ineffaçable dans l'âme de son enfant ; elle fait entrer par les oreilles et par les yeux l'amour de ce Dieu hostie, reçu le matin ; pour mieux réussir, elle a un livre tout doré aux magnifiques et douces gravures.

La conclusion de cette éducation intime est toujours celle-ci : tu aimeras ce Dieu si bon plus que ta vie et plus que ta mère; regarde sa tête, ses mains et ses pieds blessés à cause de toi; vois son cœur labouré par une lance et ouvert pour t'y recevoir; tu le chériras sans partage, tu mourras plutôt que de l'offenser. A cause de lui tu pardonneras toutes les injures, tu chériras toutes les pratiques de la pénitence.

Oh! oui, dit l'enfant avec sa voix argentine, je le jure, en pleurant d'attendrissement, j'aimerai jusqu'à mon dernier soupir le Dieu de ma mère!

CHAPITRE V

Trois sortes d'instructions. — A treize ans, Camille
a le malheur de perdre sa mère, qui meurt en
prédestinée. — Dangers du monde...

Les parents de Camille, après la bonne
éducation qui lui fut donnée, voulurent le faire
instruire, mais sous leurs yeux, sans l'envo-
yer même à Théate, qui n'était pas à une
demi heure de leur habitation. Ils craignaient
de le voir revenir sans les richesses des
mœurs et de la foi. Ils auraient dit comme
Jacob à cette vue, Satan a dévoré l'esprit et
le cœur de notre cher et unique enfant.

Il y a une science dangereuse c'est la demi science, qui coule à plein bord; dans le
peuple elle se formule en axiômes perfides;
dans le lettré elle cache l'athéisme.

Il y a une science utile, c'est celle de l'histoire, de la littérature, de la philosophie et le
reste, elle peut devenir dangereuse pour l'or-

gueil du demi savant, elle ne suffit pas à
'homme, toute seule, la science religieuse
et morale est seule nécessaire.

Camille eut le malheur, à treize ans, étudiant avec succès et docilité, de perdre sa
mère, elle mourut avec le sceau de la prédestination; dans son agonie, elle donna plus
d'une fois ses avis et ses bénédictions à ce
fils désolé et encore bien soumis.

Je me représente Camille à genoux auprès du lit où sa mère vient d'expirer, il
sanglotte, il embrasse sa main, il y a encore
un quart d'heure, bénissante; il embrasse son
front décoloré, dans un moment de surexci-
tation il voudrait se briser la tête sur les dalles,
il se lève brusquement, il court et se heurte
contre un mur, qui l'arrête. Il dit : ce n'est
plus un rêve, elle est morte, elle est morte
cette amie de Dieu et de mon âme, comment
vivre sans elle ? la douleur sera ma nourriture. O Dieu, je ne la reverrai plus ici-bas !
fortifiez ma jeunesse et ma faiblesse !

Ces impressions d'une âme ardente s'é-
teignirent après les obsèques de la plus ten-

dre des mères, Camille n'ayant plus son gui-
de n'écoutait plus les sages avis de son maître,
il en méprisa même les menaces.

Pauvre orphelin, comment pouvoir résister
aux dangers du monde, où l'atmosphère porte à la tête, éblouit, fascine et change l'as-
pect des choses ? là, l'amour sensuel est une
courte flamme suivie d'une longue et étouf-
fante fumée, les illusions y endorment l'âme
comme la potion soporifique, qui calme le
malade sans le guérir.

Dans le monde, chaudière en ébullition,
il faut embrasser les fers de la servitude, et
louer son esclavage ; il faut y boire l'amertume dans des coupes d'or, il faut se livrer à
tous les excès, qui ne s'arrêtent qu'à la limi-
te de l'impuissance.

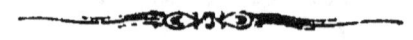

CHAPITRE VI

Camille oublie vite les leçons de sa mère. — Il se livre au jeu avec frénésie, mais jamais avec injustice, blasphèmes et imprécations. — Cette passion est blâmable et celle des romans l'est encore plus, elle fait perdre les mœurs.

Camille oublia bien vite sa mère; sans aucun frein, il suivit un essaim de jeunes gens légers et indépendants comme lui, avec eux, il s'abandonne, avec une sorte de frénésie, à la passion du jeu et des romans.

En étudiant cette vie mondaine, on admire la bonté divine à l'égard de ce jeune orphelin dévoyé; on ne voit pas que jamais il se soit plongé dans les excès du vice et dans le dégoûtant sensualisme ; et cependant les livres qu'il lisait avec assiduité flattent les inclinations perverses de l'âme; blâment la continence, le mariage, la fidélité conjugale; réclament le divorce, préconisent l'adultère ; pressent de vivre sans conscience et sans remords, en lâchant la bride à toutes les passions.

Les romans peignent la famille et la société sous des couleurs différentes qu'elles sont. Arrivé dans la vie réelle on trouve la peine au foyer domestique, alors on manque de courage, pour supporter les ennuis et les charges du mariage.

Si Camille, à cette époque, ne se livra pas aux désordres des mœurs, il se porta à des intempestives, à de violents emportements et à des imprudences regrettables en raison de sa passion fébrile pour le jeu, qui est une perte de temps dont le réprouvé profiterait si utilement de la moindre parcelle ; c'est une perte de l'argent, de l'honneur et du devoir, et souvent de la vie par le désespoir qui porte au suicide.

Le jeu rend insensible à l'égard de la famille, qui devient indigente, il aigrit le caractère, il excite les colères, les imprécations, les blasphèmes, les injures, les querelles, les rixes, les procès, les vengeances, l'effusion du sang. Chose étonnante : dans les jeux, Camille ne se livra pas à l'injustice, aux blasphèmes et aux imprécations.

CHAPITRE VII

MORT DU PÈRE DE CAMILLE, SA PLAIE A LA JAMBE.

Le rêve de la gloire et des richesses à dix-huit ans. —
Départ pour Ancône. — Jean Lellis meurt chrétiennement, près de N. D. de Lorette. — Regrets de
Camille. — La plaie à sa jambe. — Son désir à Fermo
d'être Franciscain. — Essai de l'exécuter à Aquilée,
chez son oncle maternel. — Gardien du couvent de
cette ville.

Camille, âgé de dix-huit ans, rêvait les richesses, la gloire, les grades honorifiques de
ses aïeux ; il voulait voyager, il partit dans
ce but avec son Père et quelques parents,
ils se dirigèrent vers Ancône, mais à peine
arrivés, le père et le fils accablés de fatigue,
résolurent de revenir sur leurs pas, ils s'ar-
rêtèrent à Saint-Elpido, pays voisin de Lorette, où est la véritable maison de l'auguste
Mère de Dieu, transportée miraculeusement
de Nazareth.

La maladie de Jean Lellis fit des progrès
effrayants, en peu de jours, plein de rési-

gnation, ayant reçu tous les sacrements, il
mourut sous les yeux de son fils, qui, orphelin de mère et de père, et sans ressources,
fut abreuvé de cuisants chagrins.

Avant de retourner dans son pays, il répandit des larmes et des prières sur la tombe
de son père, inhumé dans l'église de Saint-
François.

Dieu qui voulait Camille à son service, lui
ménagea une nouvelle épreuve : une plaie se
forma sur le cou de pied de sa jambe droite,
par l'effet d'une égratignure, occasionnée
par le frottement des ongles de ses mains, qui
toutes, d'après les médecins arabes, recèlent
du venin.

La marche agrandit sa plaie et lui donna
des accès de fièvre; obligé de se reposer
dans la ville de Fermo, la vue de deux Franciscains qui passaient, lui inspira de renoncer au monde et de se consacrer à Dieu.

Tourmenté par ce désir, il hâte sa marche
vers Aquilo, cité épiscopale, il va frapper à
la porte du couvent de saint Bernardin, son
oncle maternel en était le gardien, Paul de

Lauretto, était la science et la vertu person-
nifiée, il reçut son neveu avec empressement,
sans vouloir lui donner l'habit de novices,
cette vocation lui parut trop précipitée, ce
refus fit désister Camille de sa résolution.

Dieu s'était servi de la maladie de Camille
et de la mort de son père pour le désillu-
sionner.

Devant le trépas, les rêves de cette vie
disparaissent, comme sur mer, se dissipent
au crépuscule les montagnes formées par les
nuages.

Notre vie est une journée de labeur, au
soir de la mort, il faut nécessairement nous
reposer.

La mort est un fantôme silencieux, placé
aux frontières des deux mondes comme une
sentinelle, elle nous ferme la porte du temps,
elle nous ouvre celle de l'éternité.

A dix-huit ans, Camille est déjà malade et
affligé. Le malheur cache ou une providence
ou un péché ; le malheur est un marche-
pied vers le ciel. Laissons Dieu frapper là
où il lui plait, le malheur est une mine pro-

fonde : heureux qui sait l'exploiter et en tirer
de riches trésors. Le soleil d'été brûle le
sillon et mûrit le grain. Les maladies du corps
font de salutaires blessures à l'âme. Le plus
grand des malheurs c'est le calme dans le
péché ; c'est le tombeau réel, la grâce n'y
peut pénétrer pour ressusciter celui qui a
nom de vivant et qui est mort...

CHAPITRE VIII

LA GUERRE.

Camille s'éloigne de son oncle maternel et de la ville
d'Aqui!é, va à Rome à l'hospice de Saint-Jacques,
afin de s'y faire soigner. — Il y est comme infirmier.
— Il en est expulsé à cause de son caractère et de
son amour du jeu. — Il s'enrôle dans les armées
vénitiennes contre les turcs. — Sa maladie à Corfou
et son rétablissement, grâce aux sacrements. —
Victoire de Lépante. — digression sur la guerre.

S'étant reposé forcément, et marchant avec
une jambe endolorie, Camille se rend à
Rome, à l'hôpital de Saint-Jacques, afin de
guérir sa plaie, il se fit agréer comme infirmier. Il resta dans cet hospice plus d'un
mois.

Mais il en fut expulsé par l'économe. Après
plusieurs admonitions, et sans amendement,
outre son caractère emporté, querelleur, on
lui reprochait d'abandonner les malades, afin
de satisfaire sa passion pour le jeu.

Errant dans Rome, Camille s'enrôla dans
l'armée des Vénitiens ; Sélim, Sultan des

Turcs leur avait déclaré la guerre, afin de leur enlever l'île de Chypre.

Le nouveau soldat partit sans que sa jambe fût cicatrisée, il resta pendant trois ans à Corfou, à Zara et dans l'armée de mer.

A Corfou, il souffrit beaucoup de la faim, du froid et d'une fièvre violente, suivie de dyssenterie, et pour comble d'infortune il n'avait qu'une étroite hutte toute délabrée, et ouverte à tous les vents, il était abandonné et n'avait pas de médecin, pour le soigner. Il se vit à la porte du trépas; sa foi se réveilla, il appela un prêtre, reçut les sacrements avec la contrition dans l'âme et les larmes dans les yeux. De suite après, ses forces et sa santé lui furent rendues.

Cette maladie l'empêcha d'assister le 7 octobre à la bataille de Lépante, qui humilia la puissance Musulmane. Cette mémorable victoire récompensa la valeur des guerriers de Juan d'Autriche, la piété de saint Pie V et les prières de sa catholicité, qui n'avait pas invoqué en vain Notre-Dame du Rosaire sacré.

La nécessité fait la loi dans la guerre, elle s'impose au gouverneur des peuples, qui a le droit de la déclarer, au soldat qui a le droit de la faire, au peuple, qui a le mérite d'en supporter les charges, et qui en recueillera les fruits, tant qu'elle demeurera juste et honorable.

Dieu l'a bénie dans les mains des Machabées ; il l'a couronnée par la Croix du Labarum, par les palmes de Tolbiac et par cette chère victoire de Lépante.

C'est Dieu qui arme Philippe-Auguste, nos aïeux, les croisés, saint Louis, Jeanne d'Arc, Sobieski et Charles-Quint.

Gouverneur tirez le glaive, mais plus pour la paix que pour la guerre, n'oubliez jamais de remettre le glaive dans le fourreau, à l'heure où la justice est satisfaite et non l'ambition.

Les effets immédiats de la guerre sont mortels ; elle paralyse le commerce et l'industrie, elle ferme les villes, désole les campagnes, inonde de sang humain les prairies

et les sillons, et promène l'incendie, la famine et la peste.

Mais Dieu tire le bien du mal : il place
dans la guerre une régénération sociale.

A force de luxe, la paix prolongée décom-
pose les mœurs, favorise la fureur des jeux,
les désordres des théâtres, multiplie le plai-
sir et la licence, centuple les paresseux, les
incrédules et les impies, érige leurs plumes
en sceptres et leurs voix en oracles, mais si
le canon gronde, Dieu brise la plume du
blasphémateur et écrit lui-même les actes des
Nations.

CHAPITRE IX

LE DUEL.

Rétablissement de la santé. — Camille à la seconde
croisade, l'année suivante. — la Flotte en Dalmatie. — Attaque et prise de la forteresse de Varbegno. — Dangers courus. — Repas horribles. — Le
Duel flétri.

Remis de sa maladie, Camille, l'année
après la victoire de Lépante, se trouva dans
la seconde croisade, qui ne livra pas de bataille aux Musulmans ; la flotte fit voile vers
la Dalmatie, sous l'amiral Loranzo.

On enleva aux Turcs la forteresse de
Varbegno, non sans effusion de sang chrétien, et sans les épreuves de la faim et sans
le désespoir. Les ennemis avaient déchargé
de très nombreuses couleuvrines, et les
boulets frôlèrent plus d'une fois la galerie où
était Camille, la mort plana souvent sur sa
tête.

Après la reddition de la forteresse, Camille frémissait devant les repas de ses

frères d'armes, ils arrachaient le foie des
Turcs, tombés sous les balles, les faisaient
rôtir et les dévoraient. Camille se nourris-
sait non de la chair humaine, qui lui faisait
horreur, mais de celle des animaux de charge, qui avaient succombé à la fatigue.

Dans Zara et dans la licence du camp,
l'événement le plus regrettable fut le duel de
Camille avec un soldat de Rocca-di-Papa,
nommé Evangelista, suite lamentable du jeu,
des railleries. Sans le sergent, qui lui ordonna
de cesser le combat, Camille aurait perdu
son âme et sa vie, les adversaires étaient
surexcités comme deux lions en fureur.

Le duel est une injure à Dieu créateur,
qui a le haut domaine sur la vie de l'homme; le duel est un attentat contre soi-même
et le prochain, on s'expose au double danger de perdre cette vie et de l'ôter à autrui;
le duel est un tort envers la société, Dieu lui
a légué le soin de garder la vie, et le droit
de s'en servir.

O Duelliste, ne parlez pas de bravoure et
d'honneur. Il n'y a de bravoure qu'à braver

les préjugés et à s'y soumettre, si on les dé-
plore.

Le duel prévalant, il n'y aurait partout
que troubles, vengeances, barbarie et assas-
sinat.

CHAPITRE X.

La guerre avec les Turcs ayant cessé,
Camille se donna à l'Espagne en qualité de
soldat. La galère qu'il montait faillit être en-
gloutie dans une tempête affreuse.

La même année il prit du service à Naples, afin de voler à la défense de Tunis, il
cingle vers La Goulette, Tunis et l'Afrique ;
par un accident imprévu les Galères ne tou-
chèrent pas à terre, mais retournèrent en Sicile, en la villede Palerme. Voilà encore la
Providence divine : quelques jours après,
La Goulette et Tunis furent envahis par les
Turcs.

En retournant de Palerme à Naples, pendant trois jours et trois nuits, tout l'équipage se crut perdu au milieu de la tempête, Camille renouvela son vœu d'entrer dans l'ordre des Franciscains.

Dans cette tempête, il y avait un long sifflement des aquilons, une rapide succession d'éclairs, des coups de tonnerre formidables et répercutés par les échos de la Sicile et de ses montagnes; des nuages de feu étaient suspendus sur les têtes, les flots bondissaient en montagnes écumantes, la mer était bouleversée dans ses abîmes; dans certains moments on était suspendu sur les eaux, dans d'autres on était menacé d'en être englouti. Le sommet des vagues se levait à la hauteur des hunes, le vaisseau se redressait sur lui-même en tout sens contraire et se renversait, le grand mât pouvait être brisé par la foudre.

Les galères arrivèrent à Naples à demi rompues, les compagnies furent licenciées, et Camille se trouva délivré de la Milice.

Soldat à la voix de ses chefs il avait pris

et déposé les armes, il n'avait connu que la consigne, il ne jugeait pas ses maîtres, ils l'appelaient, et il marchait, il bravait les températures, il couchait sur la dure, il méprisait la vie, il trouvait dans les plis de son drapeau, le foyer, la famille, sa patrie, l'honneur, l'amitié, il aurait porté jusqu'au bout du monde le lambeau de ce drapeau, arraché aux Musulmans.

Avec son imagination ardente, voilà ce jeune soldat, qui a cherché la gloire dans la Milice, il a désiré comme ses aïeux y trouver de l'avancement et des grades lucratifs et honorifiques, il n'a rencontré que des fatigues et des dangers, où cent fois il aurait pu périr, Dieu l'a gardé surtout de la licence des camps, plus périlleuse que le fer et le feu des batailles, il a conservé intacte la foi de sa pieuse Mère; Dieu le destine à une milice bien différente de la première, il y trouvera l'immortalité de son nom, jusqu'à la fin des temps, l'Eglise dans ses invocations le redira avec amour...

CHAPITRE XI.

L'HUMILIATION.

Camille, malade, fatigué est sans linge, sans argent,
dans la frénésie du jeu, il vend ses vêtements,
son épée, son arquebuse. — Il mendie, il travaille
à la construction d'un couvent de Franciscains.
— On lui donne une commission. — Il entend et
goûte un bon discours. — Il part.

Que va devenir Camille sans emploi ? il
n'a pas de linge, il n'a pas d'argent, à Palerme, pendant son séjour d'un mois, il a
perdu sa dernière obole, toujours dans la
frénésie du jeu, à Naples ville des plaisirs et
de l'abondance et de l'inaction, au milieu
des fleurs et des chants, il a joué son vête-
ment le plus *nécessaire* ; il vendit son épée,
son arquebuse ; ses vêtements étaient en
lambeaux, il en rougissait. Il se dirigea, pour
ne pas être remarqué dans l'opulente cité,
vers les campagnes de la Pouille, avec un
ami et frère d'armes, Tiberio Sanese, il eut

recours à la mendicité, quelle amertume pour sa délicatesse et sa fierté de gentilhomme!

A Manfredonia, la rougeur au front, le chapeau bas, il demandait l'aumône à la porte de l'église, en se cachant les yeux avec sa main; dans cette localité, on lui offre de travailler à la construction d'un couvent de Franciscains, Camille accepte, son ami refuse, on va plus loin, Camille prend congé de Tiberio, revient sur ses pas avec la célérité d'un chien de chasse, selon son expression. Le gardien chargea le jeune militaire de charrier avec deux ânes les pierres, l'eau et la chaux, nécessaires aux maçons.

Les courtes journées de novembre et de décembre lui paraissaient bien longues pour ce labeur inaccoutumé, et puis son ami revenait le trouver pour le solliciter de tout abandonner. Les enfants italiens, sans pitié, l'accablaient de fatigantes plaisanteries; les douces paroles des religieux ranimaient son courage abattu, on lui donna des vêtements, il résolut de passer l'hiver, de gagner un peu d'argent, et de reprendre ensuite sa vie

3

accidentée, elle l'avait été suffisamment, en Italie, en Dalmatie, en Grèce, en Espagne, en Afrique et en Sicile.

Avec les débris des souffrances bien supportées, Dieu prépara à Camille une planche de salut par un minime incident :

Les Franciscains envoyèrent Camille à San Giovanni, distant de leur couvent de quatre lieues, afin de leur apporter une charge de vin, donnée en aumône.

La veille du départ, le Frère Ange prit Camille à part, le conduisit sous un berceau de vigne, et lui parla des vérités éternelles avec une force divine.

Camille écouta attentivement les sages avis, il les repassa dans son esprit, pendant toute la nuit et le lendemain, de grand matin, il partait pour s'acquitter de la confiance qu'on lui montrait. Préparons-nous à voir les effets merveilleux de la grâce...

CHAPITRE XII.

LA CONVERSION.

La matinée printannière. — L'œuvre de la création
admirée. — Camille pensif. — Changement dans
l'esprit et le cœur. — La prière faite sur la
pierre mouillée de larmes. — Les bonnes réso-
lutions. — Le deux février. — Année jubilaire.
— Adieu au monde, au péché mortel, à la faute
même légère.

Camille monté sur son âne entre les deux
outres vides destinées au vin, cheminait tout
pensif aux discours du Franciscain. La matinée du 2 février, était belle. Dans le lointain
il y avait encore des bordures de neige sur
les montagnes, mais tout était ravissant dans
cette campagne napolitaine, la fleur blanche
de l'aubépine, le lilas à la tendre couleur an-
nonçaient les premiers sourires du printemps,
la rose exhalait ses parfums et la violette
embaumait l'air, les arbres avaient leurs ver-
tes parures, chaque feuille récélait une perle
liquide, les abeilles murmuraient le long

des buissons et recueillaient leur miel sur le romarin et le serpolet. L'insecte réjoui s'agitait sur le gazon, et les oiseaux chantant s'abreuvaient des gouttes de rosée, que la brise faisait tomber des arbres.

Heureux l'homme qui sait admirer l'œuvre du Créateur et le louer à la place de ces créatures, qui n'ont pas d'esprit pour le connaître, de cœur pour l'aimer et de bouche pour le chanter!

Camille qui était de ceux qui savaient lire dans le livre de la création, tout-à-coup comme Saül sur le chemin de Damas est éclairé dans son esprit et brûlé dans son cœur; en un clin d'œil, il voit la bonté de Dieu, la laideur du péché et la beauté de la vertu, la vanité et les dangers du monde, la nécessité du salut; il regrette tous ses égare-ments, son cœur changé est brisé par la dou-leur, il descend de sa monture, il se jette à genoux sur la dalle du chemin, il sanglotte, il l'inonde de ses pleurs, il se frappe la poi-trine.

O mon Dieu! s'écrie-t-il, pourquoi ne pas

avoir plus tôt connu votre beauté? pourquoi
comme le serpent avoir fermé mon oreille à
votre douce voix? et pourquoi m'avoir supporté si longtemps? je n'ose plus lever les
yeux vers votre ciel sans nuage, je suis indi-
gne de le regarder, je vous remercie de
m'avoir si longtemps supporté, d'autres
moins coupables que moi sont réprouvés, à
l'avenir, je veux vivre et tout réparer et faire
une sincère pénitence, je veux être Franciscain, je ne suis plus du monde.

Cette conversion s'opéra le 2 février, jour
de fête en l'honneur de la très sainte Vierge,
dans l'année jubilaire, accordée par Grégoire XIII, Camille avait alors vingt-cinq ans.
Depuis ce moment, il ne commit pas un seul
péché mortel, et pas même une faute légère
de propos délibéré.

CHAPITRE XIII.

PRÉLUDES A LA VIE RELIGIEUSE.

Quelques notions nécessaires sur la grâce. — Admission de Camille dans le couvent de Manfrédonia, après des preuves de sincère conversion. — A Trivento. — Noviciat et prise d'habit. — Délivrance d'un danger dans une rivière. — La jambe malade, pour cette seule raison, sortie du couvent. — Rentrée à l'hopital Saint-Jacques de Rome. — Heureux changement opéré par Camille.

La grâce venait de frapper un grand coup. Elle ne vient que de Dieu, elle arrive par son Fils, fait homme, le Calvaire en est la grande source; il ne faut pas trop scruter la source, la distribution, la prédestination de la grâce, ce sont de profonds mystères.

Dieu donne à tous des grâces suffisantes, à plusieurs il donne des grâces efficaces ou de choix; il donne des secours actuels pour prévenir et compléter la volonté.

L'inégalité de sa grâce est un phénomène analogue à l'inégalité de la nature, et une des bases fondamentales du gouvernement de ce monde.

Dieu peut donc diversifier les biens surnaturels, il peut faire puiser les âmes à des
mesures différentes, selon sa miséricorde et
sa justice. C'est alors que la grâce opère des
merveilles plus étonnantes dans la volonté
que dans l'intelligence.

Le sceptique n'admet que ce qu'il voit et
l'histoire a vu des enfants, des femmes et
des vieillards monter d'un pas libre sur l'é-
chafaud, embrasser leurs chaînes et chanter
au milieu des flammes.

L'histoire a vu des justes ambitionner
comme une gloire la pauvreté volontaire, distribuer leurs trésors aux pauvres, vivre chas-
tement dans des retraites, dans des refuges,
dans des hôpitaux, créés par eux ou sur les
montagnes ou dans les vallées ; elle les a vus
abandonner la richesse, la famille, la patrie
pour aller au delà des océans annoncer aux
ignorants les vérités éternelles.

L'histoire a vu un saint Louis bénir ses
fers, une Elisabeth panser les lépreux, des
puissants souffrir l'exil, la confiscation et la

captivité la plus dure plutôt que de trahir leur foi.

Enfin l'histoire avait vu un pâtre devenir un roi et un prophète dans David, un enfant devenir un juge dans Daniel, un malfaiteur mis au rang des élus par Jésus-Christ sur la croix, un persécuteur changé en un apologiste et en un apôtre du christianisme dans un Paul.

Ainsi changé par la grâce, Camille ayant donné des preuves de sa véritable conversion fut admis dans le couvent de Manfredonia qu'il édifia par la réception des sacrements, par son travail, son obéissance, sa mortification du jour et de la nuit, par ses veilles et ses disciplines.

On l'envoya dans le couvent de Trivento pour y prendre l'habit et y faire son noviciat, il partit pour sa destination.

Un soir arrivé près d'une rivière aux eaux profondes il se disposait à la passer à gué, mais au milieu il se sentit comme entraîné par le courant, il retourna vers la rive, obéissant à une voix qui lui criait : arrête, arrête, autrement tu périras. Ses habits tout trempés, il fut obligé de passer la nuit en plein air et privé de nourriture. Dieu avait encore protégé son serviteur.

A Triventino il reçut l'habit de l'ordre séraphique, il le porta avec ferveur, durant quelques mois, mais la plaie de sa jambe se rouvrit, les remèdes n'y apportaient aucun adoucissement, la plaie s'envenimait, il fut contraint, à son grand regret, partagé par toute la Communauté de quitter cette maison ; il eut la promesse d'y rentrer s'il guérissait.

Il se dirigea vers Rome, afin d'y gagner l'indulgence jubilaire, et afin de soigner sa jambe, il retourna dans l'hôpital de Saint-Jacques, il y servit les pauvres pendant quatre ans, marchant à grands pas dans la voie de la perfection sous la pieuse direction de saint Philippe de Néri.

Sa plaie étant cicatrisée depuis sept mois, le provincial des capucins qui habitait Rome, se rappelant la promesse de le recevoir de nouveau l'envoya dans les Abruzzes pour reprendre l'habit et son Noviciat, il resta

3•

quatre mois, la plaie de la jambe se rouvrit encore et nécessita sa sortie une seconde fois.

Et pour la troisième fois dans l'hôpital de Saint-Jacques de Rome, les administrateurs connaissant sa vertu lui confient la charge d'économe.

Il changea cet établissement en un monastère, plus par ses exemples que par ses paroles. La pratique des sacrements et de la mortification y fleurirent par la méditation et la lecture spirituelle.

Mais Camille songeait toujours à l'ordre des Franciscains, deux refus formels partis du couvent d'Ara-Cœli et de celui des Capucins, à cause de la plaie de sa jambe lui firent abandonner entièrement son projet.

LIVRE SECOND

La vie religieuse.

CHAPITRE Ier

LE CRUCIFIX. — LA CONGRÉGATION POUR LE SOIN DES
INFIRMES EST COMMENCÉE.

Projet de fonder une congrégation d'hommes dé-
voués aux malades, sans vénalité. — Cinq employés de l'hospice se réunissent pour ce but
dans un oratoire. — On le fait fermer. — Dou-
leur de Camille. — Il emporte avec lui le crucifix
de cet oratoire, qui lui parle deux fois. — Le crucifix, consolation de l'homme.

Un soir, vers la fête de l'Assomption, Camille songea à fonder une congrégation
d'hommes pieux, qui sans vénalité, mais pour
l'amour de Dieu, serviraient comme des
mères leurs enfants malades.

Pour réussir, Camille porta sur son corps
un rude cilice, il entoura son corps d'une

plaque de fer blanc, armée de pointes, en guise de ceinture, il se donna la discipline, jeûna, pleura, veilla et pria beaucoup.

Il s'adressa avec confiance à cinq employés de l'hôpital, très vertueux, ils se montrèrent prêts à le seconder en tout et pour toujours.

Ils se réunissaient pour méditer, pour se concerter et s'encourager, ils sortaient de leur oratoire comme des séraphins embrasés de l'amour divin.

L'épreuve, cachet des œuvres divines, commença : Satan suggéra une pensée aux administrateurs de l'hospice, ce fut la suivante : Camille veut s'emparer de l'hospice et en être le seul maître. Ceux-ci admonestèrent Camille et firent fermer son oratoire, ils enlevèrent l'autel et deposèrent le crucifix sur les dalles.

Camille, affligé, enleva l'image du Sauveur et la transporta dans sa chambre. La nuit suivante il répandit ses larmes et ses prières devant elle ; découragé, il voulait céder à la tentation d'abandonner la maison et d'aller ailleurs pour exécuter son projet ; il se coucha et s'endormit, par l'effet de la fatigue. Pendant son sommeil il voyait le crucifix incliner sa tête vers lui et l'encourager de la sorte : Camille, ne crains rien, je serai avec toi, poursuis ton œuvre.

A son réveil, le serviteur de Dieu eut le courage du lion et le communiqua à ses compagnons, qui continuèrent à se réunir secrètement, se fortifiant dans le bien, rassurés par une nouvelle promesse du crucifix à Camille, non plus endormi, mais éveillé ; il tendit les bras vers lui, comme pour l'embrasser en lui disant : âme pusillanime, pourquoi tant de soupirs, de larmes et d'afflictions ? persévère, je te secourerai, cette affaire est la mienne et non la tienne.

On comprend l'affection de Camille pour ce crucifix, il le portait toujours avec lors de ses changements d'habitation, il le plaça, en dernier lieu, dans l'église de la Madeleine où il est encore aujourd'hui, je l'ai salué, arrivant à Rome, en 1842, sous Grégoire XVI, je n'avais encore visité au-

cune autre église, pas même la Basilique de
Saint-Pierre.

MON CRUCIFIX !

Je le porte partout et le préfére à tout.

Mon crucifix :

Quand je suis faible, il est ma force; quand
je tombe, il me relève ; quand je languis, il
me ranime ; quand je pleure, il me console ;
quand je souffre, il me guérit : quand je
tremble, il me rassure ; quand je l'appelle,
il me répond.

Mon crucifix :

Il est la lumière qui m'éclaire, le soleil
qui me réchauffe, l'aliment qui me nourrit,
la source qui me rafraîchit, la douceur qui
m'enivre, la beauté qui me charme, la soli-
tude où je me repose, la forteresse où je me
renferme, la fournaise où je me consume,
l'océan où je me plonge, l'abîme où je me
perds. Je trouve tout dans :

Mon crucifix.

Je ne veux rien désirer, rien chercher, rien
demander, rien attendre, rien retenir que :

Mon crucifix.

Il me gardera pendant ma vie, me rassure[a]a
à la mort, et me couronnera dans l'éternité,
oùerai[dev tout mon bonheur à :

MON CRUCIFIX !

Vous qui pleurez, venez à ce Dieu, car il *pleure*,
Vous qui souffrez, venez à lui car il *guérit.*
Vous qui tremblez venez à lui car il *sourit* ;
Vous qui passez venez à lui car il *demeure.*

CHAPITRE II

LA TARDIVE ÉTUDE ET LE SACERDOCE.

Paroles de saint Philippe de Néri et conseils d'un de
ses disciples à Camille. — Trait de lumière. —
Études de la grammaire latine. — Classes du collège romain. — Ordres Mineurs et sacrés. — Toutes les difficultés aplanies. — Sacerdoce. — Première messe à Saint-Jacques. — Ses compagnons y
communient et son bienfaiteur Fermo Calvi. —
Grandeur du Sacerdoce.

Le taumathurge saint Philippe de Néri, l'a-
pôtre de Rome, le directeur de Camille, lui
avait dit : vous serez religieux, vous serez
frère hospitalier ; et un des disciples avait
ajouté : pour fonder une Congrégation dans
un hôpital c'est bâtir sur le sable, c'est élever un édifice sur les eaux, il faut prendre
une maison en ville et là *commencera* l'Institut.

Ce fut un trait de lumière pour Camille,
mais pour un corps il faut une tête et une
tête sacerdotale, Camille a trente ans, sa
résolution est prise, il quittera l'hôpital, et

il sera prêtre. Dans ce but, il étudie assidû-
ment la grammaire latine sous la direction
de l'aumônier de l'hospice, qui était français, du diocèse de Bayonne.

Les succès, Dieu aidant, furent rapides et
couronnèrent le dur labeur et pour achever
ses cours de théologie à trente-deux ans Camille fréquentait les classes du Collège Romain avec les adolescents, qui lui disaient
sans cesse : *tarde venisti...*

L'épreuve toucha à son terme : les maîtres du collège trouvèrent l'économe de Saint-
Jacques apte au sacerdoce; les lettres dimis-
soriales étaient défectueuses à l'heure où
Camille allait recevoir la tonsure, à Saint-Jean
de Latran, mais ce jour-là même, un habitant de Téâte avec un prêtre de cette ville
suppléèrent au secrétariat à ce qui manquait
au Dimissoire.

Et le 2 février Camille reçut la tonsure, et
les ordres mineurs lui furent conférés le dimanche suivant, à Monte-Cavallo.

Pour les ordres sacrés, il y avait l'absence
du patrimoine ; son père, le capitaine de Lel-

lis ne lui avait laissé pour tout héritage que
sa valeureuse épée. Fermo Calvi, homme
riche et bon chrétien fournit la somme et
même l'augmenta, alors Camille fut ordonné
sous-diacre aux quatre-temps de Carême, dia-
cre le samedi avant la Passion et prêtre le jour
de la Pentecôte. Et le 10 Juin, âgé de trente-
quatre ans, il célébrait sa première messe à
l'hôpital Saint-Jacques, ses compagnons com-
munièrent de sa main, son bienfaiteur Fermo fut du nombre, il lui fit cadeau d'un mis-
sel, d'un calice et de trois ornements de diverses couleurs. Que le prêtre est grand ! il
peut dire : Je viens de Dieu et je ne suis
qu'un avec le Sauveur ; il n'y a qu'une foi,
qu'un Dieu, qu'un baptême, qu'un sacerdoce ;
l'origine est la même. Que d'une source sor-
tent des ruisseaux, des rivières et des fleuves, la source est la même ; qu'il y ait des
papes, des évêques, des prêtres, un Sauveur Jésus-Christ nous venons tous de
Dieu.

Le sacerdoce d'Aaron a passé, celui-là ne
passera pas ; le temps et les circonstances

le prouvent : s'il eût dû périr, ç'eût été à son
début, la parole de Dieu le certifie : « Je
suis avec vous jusqu'à la fin des temps. »

Lorsque le monde finira, il me semble
que le dernier homme sera un prêtre, qui
emportera dans le ciel la dernière hostie con-
sacrée.

Le prêtre est grand dans ses fonctions ; il
est plus grand que Moïse qui, avec une petite baguette, divisait les immenses océans ;
que Josué, qui parlait au soleil lui comman-
dait et l'arrêtait ; qu'Élie, qui faisait descendre le feu du ciel : il force Dieu à descendre sur l'autel ; les anges sont étonnés de sa
hardiesse. Nouvel archimède, il soulève
avec ses doigts consacrés les profondeurs
de Dieu ; il conduit le peuple jusqu'à Dieu ;
du rivage du temps il le mène au rivage de
l'éternité ; il est investi par sa chasteté et par
ses prières d'une magnifique paternité au
berceau et à la tombe.

Aussi l'évêque l'appelle-t-il élu à l'heure
de l'ordination et lui dit-il de se prosterner

la face contre terre, pour indiquer qu'il est mort à ce bas monde et qu'il n'appartient plus qu'au ciel.

CHAPITRE III.

Camille étant prêtre devint aumônier d'u-
ne petite église de Rome, à la Porte du Peuple, sous le vocable de la *petite Madone*
des *Miracles*, il songea à y établir son œuvre, il se démit de sa charge d'économe,
sous prétexte qu'il n'était pas sûr de revenir
de son pays, où il allait pour affaires.

A son retour, après quelques mois, il se
rendit à son église de Notre-Dame, où il
fut rejoint par ses trois fidèles compagnons,
ce fut en septembre dans l'octave de la Nati-
vité. Ceux-ci étaient revêtus de l'habit cléri-
cal, sans encore avoir la croix rouge, de là,
ils se rendaient chaque jour, à l'hôpital du

Saint-Esprit, pour y soigner avec un pur dévouement tous les malades sans distinction,
en leur parlant de Dieu ; les nombreux témoins de leur charité en étaient dans l'admiration.

Le cher crucifix fut apporté dans la nouvelle habitation, il était nécessaire à Camille
pour supporter bien des contradictions, ve-
nues en grand partie d'un prélat administrateur de l'hospice de Saint-Jacques, qui le
denonça à saint Philippe de Néri comme
un *ingrat*, qui enlevait à une maison qui lui
avait sauvé la vie, ses meilleurs sujets. Le
fondateur de l'Oratoire refusa la Direction à
Camille, qui néanmoins poursuivait son œuvre, avec le témoignage de sa *conscience*...

L'épreuve n'était pas finie, Camille malade se réfugia à l'hôpital Saint-Jean, où il fut
bien accueilli ; Curzio malade aussi retourna à l'hospice Saint-Jacques, tous deux revin-
rent à la santé, et retournèrent à leur petit
sanctuaire, d'où ils furent obligés de partir à
cause des exhalaisons pernicieuses du Tibre, et
de se loger ailleurs plus convenablement. Un

Lombard, ami de Camille fit toutes les avances d'argent et de nourriture. Au lieu de trois, les Camilliens, se multiplièrent, les aumônes affluèrent, de la part principalement d'un nommé Maurice, de la Maison du Pape, qui, par reconnaissance, laissa sa fortune aux Camilliens.

Chaque jour le cher Institut s'augmentait de nouveaux sujets; il fut convenu alors qu'on le désignerait, sous ce titre : les *Ministres* des *Infirmes*.

A cette époque mourut le premier compagnon de Camille, Bernardino, qui avait passé par de terribles tentations au sujet de l'auguste Trinité : il ne pouvait comprendre comment un fils cœternel peut être engendré par un père semblable à lui; pour se délivrer de ce supplice, il se livrait à des pénitences extraordinaires. Dieu le consola, il daigna lui apparaître sous l'image d'un vieillard, de la bouche duquel sortait un enfant, surpassant en beauté tous les visages des anges.

Camille connu et estimé dans toute la ville de Rome y était partout acclamé, un voiturier, entr'autres, le rencontrant un jour ne cessait de crier : vive le Père Camille! qui s'avança vers lui, en disant : doucement, pourquoi parler ainsi, mon Frère ?

Comment, répondit le voiturier, ne vous rappelez-vous pas l'événement de l'hôpital Saint-Jacques? Les vers étaient déjà dans mon lit, on allait m'amputer la jambe, tous les remèdes avaient été inutiles, vous avez prié et j'ai été guéri *subitement*. Camille s'éloigna pour se soustraire à cet éloge, tout en avouant le fait, mais l'attribuant à Dieu *seul*...

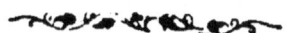

CHAPITRE IV.

CONFIRMATION DE L'ŒUVRE CAMILLIENNE PAR SIXTE-QUINT..

Camille en présence de Sixte-Quint. — Le Bref. — La permission de porter la croix rouge sur les vêtements religieux. — Le bon viellard espagnol, sa croix blanche changée en croix rouge. — Prise de possession de l'Eglise de la Madeleine. — Fondation à Naples. — Les Camilliens à Pouzzoles au milieu des Pestiférés. — Trois martyrs de la charité. — Esprit de prophétie en Camille en trois circonstances.

La famille de Camille se multipliant à vue d'œil, il ne voulut pas que ce fut sans l'assentiment du souverain pontife. Le cardinal Mondovi en fit l'éloge à Sixte-Quint, qui la fit examiner par une Congrégation, les membres furent favorables, et un Bref confirma le naissant institut. Camille fut élu supérieur à l'unanimité, le pape exprima le désir de voir le fondateur.

Camille accueilli avec bonté par Sixte-Quint lui demanda de porter une croix d'étoffe

4

rouge sur la soutane et le manteau de ses clercs, la permission fut donnée et on la renouvela par un Bref.

Camille, la joie dans l'âme et sur le front, trois jours après ces faveurs, alla avec ses disciples à la Basilique Vaticane, c'était pour la fête de saint Pierre et de saint Paul. Les foules admirèrent ces nouveaux religieux avec des croix d'un rouge éclatant se détachant sur un fond noir.

A cette époque, un bon viellard espagnol entra dans la famille Camillienne, par l'effet d'un événement merveilleux : un matin, il retira une croix blanche en bois qu'il portait toujours sur son cœur, elle était devenue rouge comme celles des Ministres des infirmes.

Dieu bénissait de plus en plus leur œuvre : un matin de décembre, Camille avec quinze personnes se fixa près de l'Église de la Madeleine, dans un local mieux assorti, où l'on n'aurait plus à sortir pour célébrer ou entendre la messe.

Dans cette habitation qu'on peut regarder

comme la Maison-mère, deux amis s'y trouvèrent réunis et se suivirent en Paradis à quelques jours d'intervalle, selon l'annonce de l'un à l'autre.

L'évêque de Castellamare procura dans Naples un nouvel établissement à Camille, il le fonda avec treize de ses compagnons, le vingt-huit octobre, Annibal de Capoue, archevêque de cette célèbre cité, les reçut au grand contentement de la noblesse et du peuple. Les attentions délicates des religieux et des Camilliens opérèrent une heureuse révolution, les plus grandes dames les imitaient, les pécheurs se convertissaient.

Des galères espagnoles infectées de la peste firent quarantaine à Pouzzoles, les Camilliens les soignèrent avec un zèle admirable, à la prière du Vice-Roi, comte de Miranda, trois moururent martyrs de leur charité. Julie de Castelle, pieuse et riche dame combla de sa générosité la maison de Naples et de Rome, en récompense de tant de dévouement.

Douze nobles jeunes gens napolitains reçurent l'habit à Rome dans la Congrégation, de la main de Sanzio Ciccatelli, premier biographe de saint Camille.

Camille, le jour du vendredi saint, fit une terrible prophétie à un de ces jeunes gens, agé de dix-huit ans, en présence de son père, qui était venu pour le détourner de sa vocation :

Mon frère, vous aurez une fin malheureuse; vous mourrez de la main du bourreau, en expiation d'un très grand crime, vous vous souviendrez de mes paroles, dites le vendredi-Saint.

Le jeune renégat, de retour à Naples, se maria, se dégoûta de sa femme, la tua pendant sa grossesse, fit périr la servante, qui également était enceinte, et un domestique agé de 23 ans. Précédemment, il avait donné la mort à une vieille femme et caché son cadavre dans la cave. Après tant de crimes, il fut condamné à la peine capitale, et exécuté à Naples, le dernier jour de Mars, dans la semaine Sainte.

Les Camilliens, qui l'aidèrent à bien mourir, en *vrai pénitent*, étaient altérés; ils étaient présents à Rome, lors de la prophétie.

Cet infortuné était sorti de l'Ordre le dernier jour de mars, et le dernier jour de mars, au bout d'un an, sa tête était tranchée.

Camille avait l'esprit de prophétie : il lut à une grande pécheresse une liste de toutes ses nombreuses iniquités ; peu de temps avant la confession de cette personne, Camille s'acheminant vers Saint Jean-de-Latran avait fui devant elle et avait fait le signe de la croix à la vue de son élégance, de son luxe et de sa mise indécente.

A Milan, deux anglais amis se querellèrent, se battirent en duel, se blessèrent et se réfugièrent à l'hôpital, où ils furent placés dans deux lits côte à côte. Camille, passant par la ville, visite l'hospice, va directement vers les deux anglais, et leur dit : pourquoi renoncer à l'amitié, se disputer et se blesser et ne pas croire à la religion de vos aïeux ?

Touchés des révélations faites par l'homme de Dieu, les anglais abjurèrent l'erreur et moururent en vrais amis.

CHAPITRE V.

LA CHARITÉ HÉROIQUE

Après la mort de Sixte-Quint. — Maladie violente
à Rome, au Quirinal. — Le mal se généralise
sous Grégoire XIV. — Camille se multiplie avec
les siens. — Récompense. — Le jeune malade de
vingt ans porté à l'hôpital du Saint-Esprit dispa-
raissant tout à coup.

Dans le quartier du Quirinal, peu après la
mort de Sixte-Quint, une maladie maligne et
violente se déclara parmi les tisseurs de soie.
Dans une même maison étaient étendus pêle
mêle le père, la mère, et tous les membres de
la famille, les voisins saisis par le même mal
ne pouvaient les secourir.

Camille leur envoie tous les jours deux
charges de vivres, il va matin et soir avec
quatre de ses disciples les soigner; on se servait d'échelles pour pénétrer par une fenêtre
dans les maisons où il n'y avait personne pour
ouvrir, tout le monde était malade. L'admiration du peuple et des cardinaux était très

grande pour Camille, qui remplissait les
ministères les plus humbles, malgré les grandes chaleurs de l'été.

Le cardinal Sfondrate, devenu pape, faisait
arrêter son carrosse pour contempler le
Saint fondateur, distribuant ses aumônes.

L'épidémie cessa pour se généraliser sous
le pontificat de Grégoire XIV. La peste et la
famine désolèrent Rome, dans son enceinte
et dans la banlieue moururent soixante mille
personnes.

A la Madeleine, chaque jour, cinq cents
affamés recevaient la soupe, le riz, de la
farine, un verre de vin, et des vêtements pendant le rigoureux hiver de 1590. On a vu
Camille porter les pauvres, qui ne pouvaient
marcher, dans les hôpitaux et dans l'infirme-
rie qu'il avait ouverte, il retira lui-même un
de ces malades, tombé par faiblesse dans un
égoût. Il allait visiter dans les grottes ceux
qui s'y étaient couchés, il leur portait des
pains, des œufs frais, une provision de vin,
il rencontra un père, qui voulait mourir sur
le cadavre de son jeune enfant.

Le soir, Camille rentré à la Madeleine s'oc. cupait longtemps à coudre des draps et à les remplir de paille, afin que les malades ne dormissent pas sur la terre nue, ensuite brisé de fatigue, il pouvait à peine lever sa jambe malade et sommeiller un peu ; il devint dangereusement malade, mais il fut rétabli en peu de temps.

Un jeune homme de vingt ans, abandonné et mourant fut rencontré un soir par les Camilliens, ils le portèrent à l'hôpital du Saint-Esprit sans être fatigués ni du trajet ni de la pesanteur du fardeau, ils le déposèrent sur les marches de l'autel et l'y laissèrent pour obtenir de l'administrateur son admission, ils retournent à la hâte, leur absence avait été courte, ils ne trouvent plus le malade, malgré les plus minutieuses recherches. Le divin Sauveur avait pu prendre cette forme d'infirme pour montrer combien lui était agréable la charité héroïque de Camille et de ses frères.

CHAPITRE VI

PROPAGATION DE LA FAMILLE CAMILLIENNE, ÉRIGÉE EN GRAND ORDRE.

Camille élu supérieur général. — Sa profession solennelle, le 8 décembre. — Sa messe fervente à
Lorette. — Sa maison payée devenue sa propriété.
— Fondations à Milan et à Gênes. — Prophétie à
d'insolents matelots, tempête affreuse. — Voyage au Tyrol, à Trente, la Hongrie. — Siège et
prise de Striganie. — Fondations de Ferrare, de
Florence, de Bologne et de Messine.

A la Madeleine, le 8 décembre, fête de l'Im-
maculée Conception, devant une nombreuse
affluence, Camille fait sa profession solennelle,
il avait été élu supérieur général; après la
messe, il prit place sur le siège de l'archevêque
de Raguse, qui avait reçu ses vœux.

Il alla ensuite visiter son établissement de
Naples et son pays natal, où il ne put déta-
cher des biens de la terre un de ses proches,
extrêmement riche. La sainte Maison de Lorette où le Verbe s'est fait chair ne fut pas
oubliée; Camille y célébra l'auguste sacrifice

4*

avec efffusion de larmes et reconnaissance.
Rentré à Rome, il trouva sa Maison-Mère
grevée de dettes, que le pape paya, au grand
contentement de Camille, qui était allé le
trouver à Frascati pour lui exposer son em-
barras.

Mais Dieu avait sa main levée sur le Fondateur pour le bénir, le cardinal Mondovi en
mourant l'avait fait son héritier, la maison
de Rome fidayée devint sa propriété, elle
fut agrandie et reçut par les soins du Cardinal
Cajétan, une source d'eau, qui arriva par des
conduits jusque dans la cour de l'établissement.
Le moment était venu de dilater l'Ordre, de
le faire admirer dans toute l'Italie. La petite
plante est devenue le grand arbre.

Quinze Frères arrivèrent à Milan, et le Général, la même année, le jour de l'Assomption, entrait à Gênes. Ces deux fondations
étaient sous les plus heureux auspices.

Camille fut obligé de se rendre de Gênes à
Naples sur une galère où de jeunes Matelots
oublièrent toutes les lois de la retenue et de
la décence. Camille après une verte répri-

mande, qui terrifia les passagers, fit cette prophétie laconique : Oui, la justice divine saura
vous atteindre ainsi que votre galère ; un an
ne s'était pas écoulé qu'elle fit naufrage,
dans le golfe du Lion, tous ces audacieux dé-
bauchés furent noyés, ils avaient continué
leurs désordres et les autres galères furent
épargnées.

Camille fatigué de la traversée ne se reposa
presque pas à Naples, il était toujours dans
les hôpitaux, il retourna à Gênes au bout de
huit jours avec vingt-cinq de ses religieux.
Dans ce passage de Naples à Gênes, une tempête arriva à l'escadrille du prince Doria,
sur laquelle était Camille : on tira le canon,
on cria : sauve qui peut; vers minuit elle
heurta contre une autre, le coup fut très vio-
lent, cet abordage aurait dû la lancer au
fond des flots. Les vagues furieuses se préci-
pitaient et se brisaient avec fracas sur les
flancs du navire, tous les passagers descen-
dirent sous le pont. Camille les invita et cal-
feutra la porte, et ordonna à tous ses religieux
de se mettre en prière, lui-même après avoir

invoqué avec larmes l'Etoile des mers, la
très sainte Vierge, resta immobile : puis on
l'entendit dire à voix basse : Merci ! ô vous, le
tout-puissant, qui avez changé votre sentence.
Puis il s'écria : passagers, ne craignez plus ;
la tempête va s'apaiser, ce qui arriva in-
continent.

On sortit de l'obscur réduit, on était à Li-
vourne au pied de la Madone de Monte-Nero;
Camille distribuait des remèdes aux malades
et surveillait tout, il arriva à Gênes, où il se
reposa un peu pour se remettre de ses fatigues puis s'achemina vers Milan en toute hâte,
la peste venait d'y éclater. Un de ses religieux
mourut au Lazaret en soignant les malades,
les deux autres en sortirent sains et saufs,
après une stricte quarantaine.

Camille, au mois de juillet, conduisit jusqu'à
Trente-huit de ses religieux, demandés par le
pape Clément VIII pour secourir les soldats Italiens, que ce pontife envoyait en Hongrie, afin
de recouvrer Strigonie, qui fut récupérée.

L'armée fut licenciée et tous les Camilliens
rentrèrent en Italie, moins le frère Annibal

Mantagnoli, natif de Padoue, après avoir imité saint Martin, au milieu d'un combat, à l'endroit d'un mendiant gelé de froid ; il mourut victime de son dévouement et fut inhumé sur le bord du Danube.

Pendant le siège de Strigonie, sous les murailles mourait, d'un coup de pierre qui l'avait frappé à la tête, le colonel Paluzzo. Un Père Camillien sous une grêle de projectile, qui *miraculeusement* ne l'atteignirent pas, alla, un crucifix à la main, le préparer à la mort.

Au mois d'avril, Camille tint à Rome son premier Chapitre général, on y élut quatre de ses Consulteurs ou Assistants. A la fin de la même année il fonda un établissement à Bologne, on prit possession de l'église de saint Colomban, non loin de celle où est conservé le corps de saint Dominique.

Trois autres fondations suivirent celle de Bologne : ce furent celles de Florence, de Ferrare et de Messine ; les deux autres en Espagne et en France ne purent être continuées. On rappela les Pères, faute de sujets,

ce qui affligea le cardinal de Joyeuse, qui
désirait beaucoup les avoir à Toulouse, dont
il était archevêque.

CHAPITRE VII

A Rome pendant les mois de juillet et d'août, les Camilliens malgré les ardeurs de la canicule, se dévouèrent dans la grave épidémie de 1596. Le théâtre de leur charité fut principalement dans le Borgo, et vers la porte Saint-Ange, quartier, que le Pape, leur avait assigné et chose étonnante ! Aucun d'eux, nuit et jour, au milieu des malades, ne fut atteint par le fléau. Leur Fondateur ne cessait de leur répéter : A l'œuvre ! ne goûtez ni tranquillité ni repos.

Il envoya sept de ses religieux en Campa-
nie, il y alla lui-même, en arrivant à Nole,
un pestiféré tomba mort à ses pieds. Les mourants n'avaient d'autres cimetières que leurs
habitations, les cadavres putréfiés répandaient
une odeur dangereuse. Tous les Camilliens
furent atteints par le mal, ils avaient respiré
un air trop vicié.

Leur Supérieur les fit transporter à Naples
et remplissait auprès d'eux la fonction d'infirmier. Cinq succombèrent, l'un d'eux, après
avoir reçu l'extrême onction chanta avec une
voix mélodieuse deux *alleluia* ; pour le consoler, Camille fit porter un clavecin auprès
de son lit, il le toucha et mourut ; cet excel-
lent musicien alla achever dans le ciel le cantique commencé sur la terre.

Le Pape dit à l'évêque de Nole, retenu à
Rome : Comment le pasteur n'est-il pas au
milieu de son troupeau ? Saint Père, mes bre-
bis sont entre les mains du père Camille,
meilleur pasteur que moi. Dans ce sens, il
lui écrivit pour lui donner toute autorité
comme Vicaire général.

Rentré à Rome, Camille gagne le jubilé, visite trente fois les quatre Basiliques désignées, fait avec larmes une confession générale de toute sa vie, et obtient la bulle sollicitée, qui termine les controverses de l'ordre ; tout y est décidé sur les religieux, qui habitent dans les hôpitaux.

Le fondateur consolé reçoit des novices de toute contrée, établit une maison à Mantoue, accorde huit de ses enfants au Pape Clément VIII et cinq au Duc de Toscane.

Le Souverain Pontife avait envoyé des troupes italiennes pour récupérer en Croatie, Canizza, place importante prise par les Turcs.

A ce siège, deux boulets de canon et trois balles de mousquet passèrent au milieu des Camilliens, assis, sans leur faire aucun mal ; un des projectiles s'abattit sur un coffre, brûla le linge et un manteau, en respectant la croix rouge, un des officiers la demanda, l'obtint et la porta sur son cœur comme une cuirasse impénétrable.

Camille se chargea de l'hôpital de Florence et visita Palerme et Messine. Le vice-roi,

à Palerme, se tint debout et la tête découverte
devant l'homme de Dieu, qui, simple soldat
dans cette ville avait joué et perdu tout son
avoir.

Depuis saint François de Paul, jamais
fondateur d'ordre ne fut reçu avec enthou-
siasme comme le fut à Messine Camille de
Lellis. Les habitants de Messine sont dé-
monstratifs et religieux, ils sont heureux de
faire lire sur la porte de la cathédrale une
lettre que la très sainte Vierge leur écrivait
de son vivant.

CHAPITRE VIII

Deux dangers dans deux voyages à Lorette, dans un
autre de Bologne à Ferrare, dans un troisième, dans
le pays natal, un quatrième, dans les Abruzzes.
Les périls dans les lagunes de Pise, à Aquapendente étant indiqués ainsi que deux sur mer, de
Rome à Naples et de Messine à Naples, près de
Caprée, toujours la providence a veillé sur son
serviteur.

Comme toutes les âmes chères à Dieu
Camille fut souvent abreuvé d'amertume,
supportée avec une grande résignation. Une
de ses plus grandes peines fut d'abandonner
des œuvres commencées, faute de ressources,
et de perdre plusieurs de ses enfants d'un
rare mérite, moissonnés au printemps de
leur vie.

Dans ses nombreux et nécessaires voyages
il eut souvent des moments d'ennui offerts à
Dieu sans le moindre retard et la plus légère
plainte.

En revenant de son premier voyage à Lorette il tomba de cheval au milieu de la place de Spolette, et se fit à la jambe malade une très grave blessure, il fut forcé de se mettre dans une vaste corbeille d'ozier jusqu'à Narni, où il trouva une occasion favorable pour arriver à Rome.

A Spolète, un chapelier sorti de sa boutique l'accueillit dans sa maison et le traita avec égard jusqu'à son départ.

Dans un autre voyage à Lorette, le conducteur, dans le versant d'une montagne, tira si violemment les rênes qu'elles se rompirent ; les chevaux poussés par la voiture couraient en désordre, encore quelques pas, tout était perdu ; hommes, chevaux et voiture ; le cocher s'était élancé à terre, la terreur s'était emparé des voyageurs, qui n'eurent aucune contusion, grâce à la prière de Camille, les fougueux chevaux s'étaient arrêtés comme par enchantement.

Dans un voyage de Bologne à Ferrare Camille était avec des novices et deux Dominicains. La nuit et une pluie diluvienne les surprirent, en route. Le propriétaire d'une métairie refusa de les recevoir. Trempés jusqu'aux os, ils ne pouvaient continuer le trajet. Un jeune homme gracieux et poli leur ouvrit sa porte, fit entrer la voiture dans la remise, alluma un grand feu, prépara un souper, et ensuite d'excellents lits.

Mais le matin, où l'on partait avec une reconnaissance marquée pour les soins du jeune homme, on tomba dans un autre danger, la voiture devait passer sur un pont de planche, Camille mit pied à terre avec ses novices, les Dominicains y restèrent. Une roue de la voiture passa hors des madriers. Le véhicule allait tomber dans la rivière très profonde, lorsque Camille, qui était en arrière cria au cocher de s'arrêter, celui-ci lui obéit et fit descendre les deux religieux qui échappèrent à une mort certaine.

Dans un autre voyage, Camille partait de son pays natal pour Naples, son cheval mit le pied sur un morceau de glace, il tomba et la jambe de Camille se trouva prise sous la monture, un chanoine de S.-Jean de Latran avec son domestique l'aidèrent à remonter à cheval.

Dans les Abruzzes, une autre fois, il s'égara avec deux de ses religieux, ô providence ! dit un laboureur accouru, arrêtez, si vous faites un pas de plus, vous tombez dans un précipice sans fond !

Je ne dis rien du voyage de Camille avec cinq de ses disciples depuis Gênes jusqu'à Rome dans les lagunes de Pise, les chevaux avaient de l'eau jusqu'aux sangles, un jeune homme cria n'avancez pas, il prit la bride du cheval, remit les voyageurs dans le chemin, il en était temps, une minute de plus ils auraient été noyés. Ce jeune homme parut et disparut sans qu'on eut le temps de le remercier...

Je ne parle pas du péril d'Aquapendente, près de la rivière de Sella, le cheval de Camille s'abattit et pour la vingtième fois, tomba sur sa jambe malade, son soulier fut rempli de sang.

J'omets enfin le voyage de Bocchianico à Rome. Sur le plateau d'une montagne, une

tempête furieuse et soudaine faillit faire perdre la vie à Camille. Si plusieurs fois il visita son sol natal, c'est qu'il y avait fondé une
maison ainsi que dans la ville épiscopale de
Théate.

Je passe aussi sous silence les dangers
courus sur mer, de Rome à Naples et de
Messine à Naples à la hauteur de Caprée.
Les deux fois tout l'équipage attribua sa délivrance aux prières de Camille.

CHAPITRE IX.

DÉMISSION DE CAMILLE DE SON GÉNÉRALAT; SES DIVERSES MALADIES.

Camille souffre avec patience de trois maladies. — Après avoir prié et consulté, il se démet de son généralat. — Il se prépare à la mort par un pèlerinage à Lorette. — Lettre très curieuse écrite par Camille à son neveu, Alexandre de Lellis.

Prématurément vieux et infirme, Camille après avoir prié et consulté renonça à son généralat et choisissait la dernière place partout, et s'occupait encore dans les hôpitaux de Naples, de Gênes, de Milan et de Rome, où il résida et où il obéissait ponctuellement à son nouveau général, Blaise de Opertis, provincial de Naples.

Outre la plaie de sa jambe, Camille souffrait beaucoup et avec résignation de deux cors sous les pieds, qui étaient comme deux clous; d'une rupture douloureuse, qui le forçait à porter une rude ceinture, entourant la peau; de la cruelle maladie de la pierre,

supportée pendant six ans; enfin d'un vio-
lent mal d'estomac, d'un défaut d'appétit
et d'un dégoût prononcé pour toute espèce
de mets.

A Rome, Camille habita pendant trois ans
une petite chambre de l'hôpital du Saint-
Esprit, qui avait vue sur le Tibre, ensuite
par *obéissance*, il alla à Naples et dans son
pays natal, éprouvé par une famine, il y secou-
rut ses concitoyens et leur fit de touchants
et de prophétiques adieux : je vais mourir
dans la ville de Rome, leur disait-il, et vous
ne me reverrez plus.

Les regrets et les pleurs l'accompagnèrent
à la sortie de son pays, il resta quatre mois
à Naples, et de là il visita ses maisons de Bologne, de Ferrare, de Mantoue, de Milan et
de Gênes ; dans cette dernière cité, sa maladie s'aggrava et diminua, il en profita pour
se rendre à Rome par mer, il débarqua à
Civita-Vecchia, en peu de temps; le vent lui
avait été très favorable. Le 13 octobre il
était dans sa chère maison de la Madeleine,
il y garda le lit et dans un moment d'amélio-

5

ration il voulut faire les deux pèlerinages aux tombeaux de saint Pierre et de saint Paul, il voulut saluer en passant son privilégié hôpital du Saint-Esprit, il rentra à la Madeleine pour ne plus en sortir... et pour recommander sa mort à toutes les communautés de Rome et pour adresser de touchants adieux à tous ses fils de ses diverses maisons. En revenant de la Lombardie, il avait célébré la sainte messe à Lorette, dans l'intention d'obtenir de la sainte Vierge l'heureuse fin de sa vie.

De Gênes, Camille écrivit une lettre à son neveu Alexandre de Lellis, il est bon de la faire connaître au lecteur, elle a servi dans le procès de sa canonisation.

Ce jeune homme égaré par un Français, *Nécroman* et par la soif de l'argent était sur la place de Bocchianico avec tous les instruments nécessaires pour découvrir dans la campagne des vases remplis d'or, lorsqu'il renonce à son projet chimérique et congédie tous ses associés.

Et en voici la raison : une lettre de son

saint oncle, cachetée lui était remise entre
les mains sans que l'on vit qui la lui avait
apportée, la date était du cinq juillet, du jour
même, et il fallait plusieurs jours pour fran-
chir la distance de deux cents lieues, qui sé-
parent Gênes de Bocchianico.

L'oncle le menaçait des châtiments éter-
nels, s'il continuait à s'occuper de ce qui
serait la ruine de son corps, de son âme et
de sa fortune ; le neveu désabusé fit lire la
lettre *miraculeuse* à un grand nombre de
témoins, en faisant un grand et respectueux
signe de croix.

CHAPITRE X.

Camillo quitte cette terre, le 14 juillet, entouré de ses enfants éplorés. — Il leur demande pardon. — Il est muni des sacrements. — Il s'éteint à soixante-cinq ans, les bras étendus en croix. — Il a toutes ses facultés. — Il prononce les saints noms de Jésus et de Marie et les prières de l'Eglise disaient : *que Jésus-Christ vous apparaisse avec un doux visage plein d'allégresse.*

La vie de Camille si pleine de magnifiques œuvres et cependant si longue a fui comme l'ombre et a passé comme un songe, et s'est évaporée comme une fumée. Tout passe ici-bas, mais les actions héroïques du serviteur de Dieu resteront et l'accompagneront sur la plage éternelle.

Si le soleil se lève sur notre horizon en précipitant sa course et en pressant la nuit d'arriver ; si les rivières coulent à grosses ondées, se hâtant d'aller se reposer dans la mer, qui est leur centre ; si l'hiver dépouille les arbres de leurs vêtements d'honneur, ces

enseignements sont pour nous·faire souvenir
de la mort...

Camille l'avait toujours devant ses yeux.
A cette heure de douleurs inexprimables,
malgré ses multiples maladies, le serviteur
de Dieu résigné ne se plaignait pas.

Et cependant tout est plainte sur la terre ;
le vent se plaint dans les bois ; l'arbre solitaire
a la voix du regret ; le flot gémit sur le rivage
et le vaisseau. assailli par l'orage dit aux vagues ses pleurs : partout la souffrance s'exhale
en plaintes amères ; l'enfant se plaint à sa
mère et l'homme se plaint à Dieu.

Les plaintes et les larmes sont comme le
sang qui s'échappe des blessures et les rend
moins dangereuses.

Dieu manifesta sa bonté dans la mort de
Camille par une longue maladie, par l'usage
de toutes ses facultés, conservées jusqu'au
dernier soupir ; par les sacrements reçus en
temps opportun et avec de rares dispositions ;
par la bénédiction du pape Paul V et par
l'indulgence plénière ; par les soins de sa famille spirituelle, elle adoucissait le passage

terrible du temps à l'éternité à celui qui assis-
ta tant d'agonisants et qui fonda l'institut du
bien mourir; saint Philippe de Néri avait vu
les anges qui suggéraient aux camilliens les
paroles adressées par eux aux infirmes.

Ce fut un spectacle attendrissant que de voir
tous ses enfants réunis auprès du patriarche
mourant, les yeux pleins de larmes et élevés
au ciel, il les engageait à persévérer, il leur
demandait pardon, il les bénissait tous, *présents, absents*.

Tous, en sanglottant lui demandaient pardon à leur tour, lui baisaient les mains et les
arrosaient de leurs larmes.

Enfin le 14 juillet, fête de saint Bonaven-
ture, à dix heures et demie du soir, à l'âge
de soixante-cinq ans passés, quarante ans
après sa conversion, vingt-huit ans après
l'approbation de sa congrégation par Sixte-
Quint, et vingt ans après son érection en
ordre religieux par Grégoire XIV, Camille,
tout joyeux, l'œil fixé sur le crucifix, les bras
étendus en croix, bénissant l'auguste Trinité,
prononçant les saints noms de Jésus et de

Marie, invoquant saint Michel, leva les yeux au ciel, et sans nulle *altération* dans ses traits rendit sa belle âme à son Créateur, au moment où l'on récitait çes paroles : *que Jésus-Christ vous apparaisse avec un visage doux et plein d'allégresse.*

CHAPITRE XI.

LE TRIOMPHE APRÈS LA MORT.

Camille paraissait plutôt endormi que mort, il était revêtu des ornements sacerdotaux. — Concours de toutes les classes de la société romaine. — Onze ans après la mort, le corps bien conservé. — Suave émanation. — Portrait du saint, sa haute stature, ses yeux noirs, son nez aquilin, etc. Son maintien grave, son sourire agréable, son doux accent, sa démarche gracieuse, malgré une légère claudication.

Camille paraissait plutôt endormi que mort, son visage conservait la sérénité qu'il avait pendant sa vie, il semblait sourire au moment où le corps fut revêtu des ornements sacerdotaux. Une foule énorme de tout âge, de tout sexe, de toute condition accourut pour rendre hommage à ses dépouilles mortelles, on baisait les mains, le visage et les pieds du serviteur de Dieu, on lui faisait toucher des rosaires et des fleurs, on essayait de couper des mèches de ses cheveux et des fragments de ses vêtements; on brisa les

balustrades, on fut obligé de transporter le
défunt dans la sacristie et de le mettre dans
un cercueil de bois de cyprès. Le troisième
jour on trouva le corps intact, on le déposa
dans un nouveau cercueil de plomb, enve-
loppé dans un de bois de châtaignier et tous
trois furent ensevelis dans l'église de la Madeleine près du maître autel, du côté de
l'Evangile, les Disciples pleurant et sanglottant ne pouvaient pas se consoler de la
mort de leur maître bien-aimé.

Onze ans après, la nuit de l'Ascension, le
8 Mai, on exhuma le corps de Camille.
Malgré l'humidité du local, il était sans
altération, sans lésion, à l'exception du
visage, brûlé par le défalque du masque de
plâtre, afin de prendre son portrait.

La barbe, les sourcils étaient conservés ;
les oreilles, le nez, les lèvres, les bras, les
mains étaient flexibles ; les dents étaient
blanches, les gencives étaient rouges, la
plaie de la jambe cicatrisée, l'aube était teinte
en partie d'un sang vermeil ; une odeur

suave émanait d'une large incision faite
par les médecins sous le sein gauche.

Pendant neuf jours il y eut au tombeau
déjà glorieux un grand concours, on détacha
plusieurs reliques, entre autres, l'os de la
jambe, carié par des humeurs corrosives. Il
a fallu la patience d'un Saint pour supporter
pendant quarante-six ans des souffrances
cruelles.

Tertullien disait : il ne faut pas mépriser
la chair sanctifiée par le baptême et les sacrements, ennoblie par les bonnes œuvres et
destinée à fleurir par la résurrection générale. La sainte Église ne se contente pas
de respecter cette chair, elle la glorifie, Dieu
autorise ce culte par des dérogations aux
lois générales de la nature.

Camille était d'une haute taille, il avait
près de six pieds, cette stature était bien pro-
portionnée, ses cheveux étaient châtains,
tirant sur le noir, ils devinrent presque
blancs dans la vieillesse, le front était large,
le visage long et maigre, le teint pâle et un
peu basané, la figure énergique était cepen-

dant douce et placide, gracieuse et aimable; ses yeux étaient petits et noirs, ses sourcils arqués étaient abondants, ses oreilles étaient de grandeur moyenne. Le nez aquilin était proportionné à la figure, la bouche était grande, les lèvres minces, la barbe était longue, la poitrine et les épaules étaient larges, le cou était allongé.

Le maintien était grave et modeste dans la démarche et dans le discours; son sourire était doux et son accent agréable; il boîtait un peu et même avec une certaine grâce.

Les travaux, les voyages, les fatigues, l'avaient légèrement courbé, il paraissait plus vieux qu'il n'était.

LIVRE TROISIÈME

La survivance.

Selon le langage du Saint-Esprit, Camille mort, vit par sa canonisation, par ses miracles, par le dévouement de ses enfants et par ses héroïques vertus.

CHAPITRE Ier

LA CANONISATION.

Benoît XIV a canonisé Camille dans la Basilique vaticane le jour de la fête de saint Pierre et de saint Paul. — Les deux miracles reconnus pour ce grand acte. — Ce jour-là même fut aussi canonisé saint Joseph de Léonissa, célèbre missionnaire franciscain à Constantinople et dans toute l'Italie, il passait les fleuves sans bateau, son cœur conservé répand encore une suave odeur.

Le monde a oublié, depuis des siècles, les noms des rois, des princes, des soldats, des diplomates, des conquérants, des orateurs, des artistes et des savants ; et tout livré qu'il

est à l'esprit de frivolité il n'oubliera jamais
le nom d'un fils de Bocchianico, d'un diocésain de Chiéti ou de Théate, ayant un trône
dans le ciel et des autels sur la terre.

Le docte Benoît XIV, après l'avoir béati-
fié, le canonisa en mil sept cent quarante-
six, dans la Basilique vaticane, au tombeau
du Prince des Apôtres, le jour de la fête de
saint Pierre et de saint Paul, au milieu des
joies éclatantes de l'Église romaine.

Par une brillante matinée une foule immense s'écoule comme un fleuve dans l'océan
vers la grande place de la plus belle église du
monde, deux fontaines font jouer leurs jets
d'eau dorés par le soleil, l'obélisque élève avec
majesté son fier sommet. On entre dans le magnifique temple, il résonne de chants harmo-
nieux, il est resplendissant des feux de milliers
de flambeaux, les gradins des tribunes sont
occupés. Le décret de glorification est pro-
clamé ; des tableaux grandioses représentent
les miracles reconnus, le voile cachant le
portrait de saint Camille est abaissé, les reliques exposées sur l'autel sont encensées, le

Te Deum est entonné, les cloches sonnent leurs plus joyeuses volées, le bruit du canon porte au loin la plus heureuse nouvelle.

La vie des Saints pour être vraie doit mentionner toutes les grâces surnaturelles dont le Ciel les a gratifiés. Mais si je voulais redire toutes les apparitions de saint Camille après son décès à quantité de personnes, qui en ont reçu d'immenses bénéfices, et les miracles, qui ont amené sa béatification, il faudrait composer tout un livre. Je vais seulement reproduire les deux que Benoît XIV avait admis pour sa canonisation.

Lucie Thérèse Petti ne pouvait respirer dès sa naissance et son bas âge; elle était devenue *bossue, rachitique, conturnée,* **elle** ne pouvait rester couchée, elle se débattait sur le plancher de sa maison comme si elle eut été à l'agonie, elle avait aussi des douleurs de côté, des inflammations d'intestins et des crachements de sang. Les médecins déclarent l'*impossibilité* de sa guérison.

Thérèse fut visitée par une dame, dont le fils avait été guéri d'une pistule à l'œil droit.

par le bienheureux Camille ; Thérèse, disait cette amie, invoquez celui qui a guéri mon enfant.

La malade sentit ses douleurs se calmer en prenant de la poussière recueillie sur le tombeau du Thaumaturge.

Mais une image de Camille lui procura le sommeil ; la fit respirer et la redressa, de contrefaite qu'elle était, et la rendit apte à toutes les exigences du ménage.

Les médecins attestèrent cette guérison soudaine et complète.

Au dessus de Rimini, dans la ville de Saint-Marin, le second miracle décida la canonisation : Marguerite Castelli, âgée de dix-huit ans, avait une maladie *incurable* : le sang vicié et l'âcreté des humeurs avaient fait de son corps une plaie purulente depuis la tête jusqu'aux pieds. La fièvre et le délire s'en suivirent, les nerfs attaqués, la malade ne pouvait se mouvoir, privée de l'ouïe, de la vue, et presque de la parole, munie des sacrements on attendait sa fin. Une de ses sœurs, arrivée de Rome, lui apporta une image du bienheureux, la mit sur sa poitrine et lui fit prononcer une brève prière, en l'honneur de Camille.

Au même moment, Marguerite se lève en criant : Je suis *guérie*, elle s'habille sans soutien; en moins de deux heures, sa chair devient fraîche et naturelle, les croûtes qui la défiguraient tombèrent de ses deux joues, les cris de joie succédèrent aux sanglots de sa famille et toute la ville de Saint-Marin était disposée à attester par serment cette guérison instantanée.

CHAPITRE II.

La vie de saint Camille se continuait dans ses premiers successeurs : dans le noble Syracusain de
Opertis, second général, se démettant aussi de
sa charge; dans François Corrado, Messinien, cachant des miracles sous le voile de l'humilité ;
dans le Français, Hilaire de Calès, doué du don de
prophétie ; dans Nicolas Grassa, se dépouillant de
toutes ses dignités; dans le frère Giacopetti, musicien, médecin, maître des novices, répandant une
odeur délicieuse à sa mort; dans le Français Jean
Coquerel, savant linguiste ; dans le belge Nicolas
Morthier, élu général, il était habile hébraïsant,
etc., etc.

Saint Camille, du haut du ciel, s'est continué des successeurs, émules de ses vertus ;
dans un empire, une armée est recomman-
dable par ses illustres généraux, un Institut
l'est aussi par ses religieux, dignes de leur
fondateur.

Quelle gloire pour les Camilliens que leurs
premiers Pères! ils étaient de si fidèles

copies de leur chef qu'on croyait le voir en eux !

Tel fut le noble syracusain, Blaise de Opertis, second général de l'ordre, qui, à l'exemple de son Maître, se démit de sa charge pour se renfermer dans l'hôpital des incurables de Naples, où il mourut. A son décès, un malade qui ne pouvait parler, non seulement recouvra l'usage de la langue, mais une parfaite santé, en le priant; tel fut François Corrado, né à Messine, ange consolateur, qui dans le même hôpital de Naples cachait des guérisons merveilleuses sous le voile de l'humilité; tel fut un Français d'une lignée distinguée, Hilaire de Calès, décédé dans l'hôpital de Gênes le jour du samedi saint, doué du don de prophétie, il avait annoncé sa mort sans le glas funèbre, ce jour-là en effet, les cloches gardent le silence. Un sang vif sortit de son pied frappé par une lancette comme s'il eût été vivant; tel fut Nicolas Grana, mort à l'hôpital de Ferrare, qui parvenu à toutes les dignités, s'en était dépouillé pour mieux servir les infirmes; tel fut le

frère Giacopetti, musicien, médecin, maître
des novices, il succomba en soignant les
pestiférés. A ses obsèques, tous les assistants
sentirent un parfum délicieux, sorti de son
cercueil.

Enfin tel fut un français, originaire de
l'Artois, Jean Coquerel, savant linguiste, il
avait converti des hérétiques en Hollande, et
avait prédit la peste à Mantoue, où il mourut
de ce fléau, y étant provincial.

Dans cette nomenclature, apparaît un
belge, Nicolas Morthier, né à Tournay, habile hébraïsant, qui élu général gouverna
avec douceur et sévérité.

Nous ne vous oublierons pas non plus frère
Pierre Suardi de Bergame, honoré du don
des miracles, et mort à Rome ; ni vous, père
Jean-Baptiste Novato, mort à Milan dans
votre ville natale, vos ouvrages sur l'Eucharistie et sur la Mère de Dieu subsisteront.

Et vous, Michel de Montserra, arragonais,
vous avez propagé l'ordre des Camilliens en
Espagne, vous êtes mort à Madrid. Vous
avez été imité par un palermitain, André

Sicli, il a fait connaître les ministres des infirmes, dans le Mexique, dans le Pérou, dans
le Brésil et dans presque toute l'Amérique,
il est mort en Portugal, favorisé d'une vision
de la Reine du Ciel.

CHAPITRE III.

Avant la mort du S. fondateur, deux cent vingt profès ou novices sont moissonnés dans le service
des infirmes; en 1620 cinquante-cinq religieux pé-
rissent dans les horreurs de la peste, de la famine
et de la guerre; en 1656, Dieu seul sait le nombre
de ceux qui sont emportés par la contagion à
Rome et à Naples; en 1677 à Murcie, en Espagne,
les Camilliens sont décimés; en 1763, dix-neuf religieux meurent à Messine, atteints par la contagion. Dans les temps présents, les Camilliens à
Solferino, à Mentana, dans les cas de choléra, à
Syracuse, à Messine, à Rome, à Vérone, à Padoue
et à Ferrare. — L'histoire du passé des Camilliens
est celle de leur avenir.

Avant la mort du saint fondateur, deux
cent vingt profès et novices, victimes de
l'obéissance furent moissonnés au service des
infirmes, parmi eux parurent ces trois premiers campagnons, morts en odeur de sain-
teté.

En 1630, cinquante-cinq religieux du *bien
mourir* comme on les appelle en Italie, pé-

rirent au milieu des horreurs de la guerre,
de la famine et de la peste, qui ravagèrent
simultanément Rome, Milan, Mantoue, Bologne, Florence, Lueques et Moudovi.

En 1656, Dieu seul connaît le nombre
des Camilliens emportés à Rome et à Naples
par une maladie contagieuse. La même année à Gênes, par la même cause, quinze prêtres, douze frères et sept novices eurent la
gloire du martyre, dans leur dévouement.

En 1677, Dieu tourna ses yeux sur les
communautés d'Espagne pour les éprouver;
leurs membres furent décimés dans la peste
de Murcie; les scènes de Nole s'y renouve-
lèrent pour les Camilliens, invités à s'y rendre
par la Reine, Marie d'Autriche.

Et en 1763, quelle fut terrible la contagion
abattue sur la ville de Messine! dix-neuf religieux y moururent.

Si plus tard le choléra succéda à la peste,
les pères, fidèles à leur serment, affrontèrent
courageusement le nouveau péril à Rome, à
Gênes, à Vérone, à Padoue, à Ferrare, à
Messine, les profès et les novices demandè-

rent avec larmes et obtinrent de voler, au secours des âmes et des corps.

A Syracuse et à Messine on entendait les consuls de Prusse et de Belgique répéter : pourquoi ne pas élever, en signe de reconnaissance, autant de statues, devant les maisons de l'ordre qu'il y a de prêtres ou de frères pour les desservir ?

Saint Camille vit dans les nobles dames romaines, qu'il a animées dans les plus périlleuses épreuves. Son ordre les a réunies en congrégation dans l'église de la Madeleine, elles secourent les malades, les consolent, les préparent aux sacrements et leur font d'abondantes aumônes.

Pour parler des temps présents, ce sont les Pères Camilliens qui prodiguèrent leurs soins aux officiers français mis hors de combat à Solférino et furent seuls chargés de secourir les blessés de Custozza. Enfin ces dignes religieux recueillirent et soignèrent en 1867 les soldats frappés à Mentana, et en 1870, ceux qui tombèrent héroïque-

ment sous les murs de Rome et à la brèche
de la Porta Pia.

Par une coïncidence frappante et qui
semblait révéler les précieux concours qu'ils
nous apportaient, quelques mois seulement
après leur arrivée dans notre Patrie, les religieux de saint Camille assistaient, le cœur na-
vré, à ses désastres et n'hésitaient pas à ins-
taller dans leur trop étroite demeure quelques-
uns de nos pauvres soldats blessés ou vario-
leux. Ils leur donnèrent les soins les plus
touchants, ainsi qu'aux autres victimes de la
guerre qui étaient placées à l'hôpital de Cuisery. En l'absence des médecins attachés
presques tous aux ambulances de l'armée,
le R. P. Zannoni, aidé de ses dignes auxi-
liaires, traita les malades avec une habileté si
dévouée et si visiblement bénie de Dieu,
dans la petite cité de Cuisery et dans les
paroisses environnantes, qu'il sauva une
multitude de personnes atteintes même de
la variole noire et confluente.

Ajouterai-je, au risque de blesser la mo-
destie de ces excellents religieux, qu'au té-

moignage de ceux qui les ont vus fréquem-
ment et les voient encore presque chaque
jour à l'œuvre, notamment à l'hôpital de
Cuisery où ils ont sollicité comme une grâce
de veiller les malades à la salle des hommes,
ils ont hérité de leur intrépide et saint Fondateur une calme vaillance en face des plaies
les plus hideuses et une douceur, une com-
passion quasi maternelle.

L'ordre des Ministres des Infirmes, qui est
leur vraie dénomination admet les prêtres,
les frères et les oblats; les premiers pour ad-
ministrer les sacrements; les seconds sont
garde-malades; les oblats ne s'occupent que
des services manuels des maisons.

L'institut est gouverné par un général et
par quatre consulteurs.

La Consulte choisit les provinciaux, les vi-
siteurs et les autres dignitaires, de cette
consulte vient tout pouvoir dans l'Ordre.

CHAPITRE IV.

La foi fait connaître à saint Camille les attributs divins
et lui donne la soif du Martyre. — l'espérance l'ex-
citait à la dévotion au précieux sang et à la con-
tinuation des bonnes œuvres. — Camille converti
voulait surpasser les anges en amour pour Dieu,
de là, ses soupirs, ses oraisons jaculatoires, ses
extases, son horreur des fautes mortelles et même vénielles, ses transports pour l'Eucharistie.

La foi donnait à Camille une claire connaissance de la bonté, de la sagesse et des
autres attributs de Dieu. Il lui rendait grâces
de l'avoir fait naitre dans l'Eglise catholique
et de l'avoir converti ; de là naissait son désir
du martyre. A la mort d'un impie et d'un
impénitent il s'écriait : maintenant, ils savent
s'il y a une autre vie malheureuse ou heureuse...

Prêchant un jour, dans son pays, il eut un
mouvement d'une haute éloquence, il frappa
la terre du pied, et cria d'une voix formida-

ble : morts, morts, ensevelis dans cette église,
levez-vous, et montrez à ce peuple rebelle, la
place, qui dans peu de temps lui est réservée !

Sans être un docteur, sa grande foi lui faisait parler de nos plus sublimes mystères
avec limpidité et intérêt pour l'auditoire, et
dévoré de zèle, il envoyait ses religieux instruire les ignorants, en grand nombre, dans
les Abruzzes.

On l'admirait dans son respect pour la
sainte Eucharistie aux moments de la Consécration de la messe et de la communion. Il
parlait alors aux infirmes avec l'ardeur d'un
séraphin.

Son espérance aussi vive que sa foi lui
communiquait une tendre dévotion au précieux sang du Sauveur; je suis un tison
d'enfer, s'écriait-il, mais le feu qui devrait
me brûler en cet instant est éteint par le sang
du Christ; par ce sang précieux, je renais à
l'espérance, comme une plante entièrement
désséchée.

Assailli par le démon, tourmenté par le
désespoir, il ne se laissait pas abattre, en se

rappelant les promesses divines et la vertu des bonnes œuvres. Dans ce sens, il était le bourreau de son corps. Non, je ne serai pas réprouvé, disait-il, j'ai soigné les malades comme d'autres Jésus-Christ, je tâche de faire mon purgatoire dans les hôpitaux ; je regarde toujours la faux de la mort, qui est sur ma tête, et à mes oreilles, j'entends toujours a trompette du dernier jugement.

Encouragé par sa ferme espérance, il attendait tout secours du ciel. A Rome, à Naples, souvent sans argent, il priait et, dans sa confiance illimitée, il n'était point confondu...

Camille une fois converti désirait verser son sang par son amour pour Dieu, pour augmenter et entretenir cette flamme, il faisait des actes fréquents de charité et des oraisons jaculatoires, il poussait d'ardents soupirs.

Ces actes intenses le transportaient en extase et faisaient resplendir sur sa figure comme les rayons du soleil, cela lui arriva deux fois, à Naples et ensuite à Rome ; la lumière qui jaillissait de sa tête, se réverberait sur la face de tous les assistants.

Ces extases le surprenaient même en soignant les malades à Milan, enlevé au dessus de terre il fut transporté bien haut, il heurta le pavillon du lit d'un infirme, et fit tomber sur sa tête la pomme, qui fixait les rideaux.

A l'arrivée du chirurgien et au cri du malade, Camille revint à lui, s'excusa auprès du malade, l'embrassa et le bénit. Celui-ci guéri de la blessure et de la fièvre put le jour même quitter l'hôpital.

Cet amour lui donnait la haine des fautes mortelles et même des vénielles. Sous l'inspiration de ce feu sacré il faisait de brûlants discours.

CHAPITRE V.

Après Dieu ! saint Camille aimait le prochain comme lui-même. — Il avait la passion pour les hôpitaux, pour les infirmes, pour les agonisants; souvent, il fut favorisé de la vue du Sauveur, de sa Mère, des anges et des saints. — la charité s'étendait sur les veuves, les orphelins, les captifs, les pélerins, sur les pauvres honteux.

La vertu privilégiée de Camille fut pour les pauvres et les hôpitaux, devant les infirmes, la tête nue, il se tenait avec respect comme devant le saint Sacrement. Naturellement mélancolique, il devenait réjoui en entrant dans un hospice, il y passait les nuits; il rajustait les couvertures; pendant tout un carême, dans l'hôpital de Mantoue, il dormit sur un banc, afin d'être tout près pour secourir les malades aux moindres de leurs cris.

Dans la chambre des mourants, il ne voulait pas qu'on rit, mais qu'on priât, qu'on

parlât bas, qu'on adressât de brèves exhorta-
tions, en forme d'oraisons jaculatoires, qu'on
prononçât souvent les noms de l'auguste Trinité, de Jésus et de Marie, des Anges, des
Saints, il recommandait les actes d'espérance,
de contrition et d'amour, il défendait de se
servir de paroles recherchées et de pure spé-
culation.

On disait souvent : le père Camille assis-
tant les malades voit le Sauveur, sa Mère, les
Anges et les Saints, et le démon aussi, mais
couvert de *confusion*.

A théate, l'épouse du vice-roi de l'Abruzze
fut consolée à la mort de son époux ; le Bienheureux l'avait assisté dans ce périlleux passage ; à Rome, la famille d'un Milanais ne le
fut pas moins, la mère de Dieu, saint François et une multitude d'anges reçurent l'âme
de l'agonisant, qui expira au moment où Camille faisait une profonde révérence comme
à un grand personnage. A Bocchianico, il
chassa le démon d'un vieillard, agé de 90 ans,
qui ne voulait pas revenir à Dieu, mais qui
termina sa vie chrétiennement.

Dans la même localité, il dit à une mère éplorée, à l'occasion de la maladie de sa fille, n'ayant que sept ans : laissez cet enfant aller dans le Ciel, qui est fait pour elle, je respire devant ce petit ange l'odeur du paradis.

La charité de Camille ne se bornait pas aux malades et aux agonisants, elle s'étendait à tous les infortunés : en voyage, il portait toujours de la petite monnaie pour la distribuer aux indigents ; sur sa route, s'il rencontrait un pèlerin, faible et fatigué, il lui procurait une monture et un logement et il laissait de l'argent à l'hôtelier.

Il envoyait aux captifs des charges de pain, il les visitait avec prédilection, il les reconciliait avec Dieu et les accompagnait au gibet.

Il cherchait les orphelins, les veuves et les vieillards aux prises avec des adversités inconnues, il les pourvoyait du nécessaire, il faisait remettre aux pauvres honteux d'une certaine condition et toujours secrètement de l'argent et des vêtements.

Il envoyait des subsides dans les maisons,

6*

où il y avait des maladies pestilentielles, il ordonnait à ses enfants de bien accueillir les pèlerins et les pauvres, il leur lavait les pieds, il les servait à table, il les aidait à quitter et à mettre leurs vêtements.

Il recommandait aux religieux les œuvres spirituelles mais avant les *corporelles*; ils furent fidèles observateurs des avis de leur père, aussi saint Philiphe de Néri dit avec conviction à l'un deux : pendant la prière d'un de vos frères, à l'heure de l'agonie d'un homme, j'ai vu un ange qui lui plaçait sur les lèvres les paroles qu'il prononçait.

CHAPITRE VI

LES VERTUS RELIGIEUSES DE SAINT CAMILLE.

Amour de saint Camille pour la pauvreté dans les
vêtements, ameublements et nourriture. — Obéissance non seulement pour les supérieurs mais inférieurs. — Son exactitude; il était toujours le
premier à tous les exercices. — Sa chasteté dans
ses actes et dans ses paroles paraissait exagéré.
— Les vertus lui procuraient les extases. — Le
don de prophétie.

Camille montrait son amour pour la pauvreté dans les vêtements et dans la nourriture. La nuit il fallait le tromper et enlever
ses vêtements usés pour lui en substituer des
neufs. Etant Général, il reprit le cuisinier
pour lui avoir servi un plat supplémentaire,
qu'il fit enlever; dans sa chambre, il ne voulait qu'un petit lit, une modeste table et quelques chaises très ordinaires.

Il brillait aussi par sa chasteté dans ses
actes, qui paraissaient exagérés et par ses paroles : Mes frères, disait-il à ses novices, éloi-

gnons de nous les mauvaises pensées comme
on éloigne des chairs les fers embrasés.

Il montrait aussi son obéissance, en se
soumettant non seulement aux supérieurs,
mais aux inférieurs : la voix de la cloche
était pour lui celle de Dieu, il était le premier
à se lever, à paraître à l'oraison, à la confé-
rence, à l'examen particulier; mortifié, il
souffrait le froid, le chaud, la faim, la soif.
Chaque jour, il portait le cilice et se flagel-
lait, il ne se plaignait jamais dans ses voyages, de la pluie, de ses fatigues, des plaies
de sa jambe.

Ces vertus naissaient de sa fervente oraison; il était toujours à prier, à lire ou à méditer, et à genoux, on l'a trouvé plus d'une
fois élevé de terre et environné de lumière;
il lisait dans les âmes, il découvrait les se-
crets des consciences.

Il prédisait l'avenir : il frapppa sur l'épaule
d'un de ses religieux, confesseur de la maison de Gênes, en lui disant : Père Etienne,
malgré votre bonne santé, il faut vous préparer à aller au ciel. Et peu de jours après

le disciple passa du temps à l'éternité. Etant
dans son pays et dînant à la maison de campagne de son cousin, Onufre de Lellis, Camille
devint triste, des messagers vinrent lui annoncer que huit manœuvres étaient ensevelis
sous les ruines d'une salle attenante à la
maison de ses religieux.

A cette nouvelle, le saint reprit sa sérénité
et dit avec joie. Nous les retirerons, malgré la
rage de Satan; on arrive sur le théâtre de
l'accident, on déblaie, on trouve les ouvriers
sains et saufs; et un seul, qui, le matin avait
murmuré contre Camille, était légèrement
blessé.

Je supprime d'autres prophéties, le cher
lecteur connaît suffisamment Camille de Lellis aux dons surnaturels, il ne lui reste plus
qu'à imiter cet ami de Dieu et des hommes
et à le prier avec ferveur; et pour atteindre
ce but, je vais joindre à cette biographie un
quatrième livre sur le culte à rendre à saint
Camille de Lellis.

ÉPILOGUE.

En terminant ce livre, je perds le cher objet qui a occupé mes pensées, consolé mes loisirs et calmé mes amertumes.

O bienheureux Camille, du fond de la profonde et noire vallée où l'on pleure si souvent, je fais monter vers vous mes adieux ! Daignez bénir ce livre et celui qui l'a écrit, hélas ! qu'ai-je fait ? N'était-ce pas une téméraire entreprise d'écrire votre histoire ? n'ai-je pas terni votre gloire, décoloré vos œuvres, en essayant de les raconter ?

Je prie l'esprit de Dieu de suppléer à l'insuffisance de cet ouvrage, que votre vie soit comme une colonne dans le chemin d'ici-bas, pour conduire le voyageur dans la route de la perfection.

Cette Biographie, Dieu la secondant, produira peut-être dans l'âme de plus d'un lecteur, un mouvement de la grâce, elle ranimera peut-être la sève de la vertu, les désirs du ciel, les allégresses de la piété, la charité fraternelle, la patience, la mortification et par-dessous la dilection divine.

O mon protecteur en Jésus-Christ, du haut de votre trône, obtenez-moi d'aimer le para-dis comme la patrie véritable et l'auguste Trinité comme la beauté toujours ancienne et toujours nouvelle; la seconde personne de cette Trinité, le Verbe incarné, comme un père, comme une mère, comme un ami, comme un libérateur; par sa croix et son cœur sacré nous arracherons les foudres de sa main; pour nous il ne sera pas un juge terrible; il ne sera plus qu'un aimable frère!!!

LIVRE QUATRIÈME

Le culte à rendre à saint Camille de Lellis fondateur des Clercs réguliers, ministres des infirmes et patron des hôpitaux.

CHAPITRE Ier

CANTIQUE EN L'HONNEUR DE SAINT CAMILLE

refrain.

Il a passé en faisant le bien,
Célébrons ses vertus, sa charité, son zèle
Camille est le plus beau modèle
Et du prêtre fidèle
Et du fervent chrétien.

Ier

Celui qui dans son âme
Porte le feu sacré,
Ne peut garder la flamme
Dont il est dévoré.
Il faut, l'amour l'ordonne,

Qu'elle éclate et rayonne
Qu'elle brille en tous lieux
Cette flamme des cieux.

(refrain).

II'

Quand à l'heure dernière,
Je verrai sous mes yeux
S'éteindre la lumière,
Et s'entrouvrir les cieux
Camille, à cette heure
Obtenez que je meure
Comme on vous vit mourir
D'amour et de désir

(refrain).

AUTRE CANTIQUE EN L'HONNEUR DE SAINT CAMILLE DE LELLIS.

Chœur.

Cœur embrasé de saintes flammes,
Tendre ami de l'humanité,
Obtenez à nos jeunes âmes,
L'ardeur de votre charité !

1**er**

Venez à lui, vous que le monde exile,
Vieillards, ridés par l'âge et les travaux :
Lellis vous offre un généreux asile,

Ses bras amis s'ouvrent à tous les maux !
Petits enfants qui n'avez plus de mère,
Dès la naissance à la mort condamnés,
Dans sa pitié Dieu vous réserve un père,
Pour recueillir vos jours abandonnés.

2·

Si de sa bouche un Dieu promet un trône,
Même à celui qui donne un verre d'eau,
Quelle est au ciel, Camille votre couronne,
Quel front humain y resplendit plus beau ?
« Aimez, Aimez, nous dit le bon Maitre »
« Si vous voulez partager mon séjour !
Ah ! devant lui vous avez pu paraitre,
Car votre vie est un acte d'amour !..

CHAPITRE II

Seigneur, ayez pitié de nous.

Jésus-Christ, ayez pitié de nous.

Seigneur, ayez pitié de nous.

Jésus-Christ, écoutez-nous.

Jésus-Christ, exaucez-nous.

Père céleste, qui êtes Dieu, ayez pitié de nous.

Fils, Rédempteur du Monde, qui êtes Dieu, ayez pitié de nous.

Esprit Saint, qui êtes Dieu, ayez pitié de nous.

Trinité Sainte, qui êtes un seul Dieu, ayez pitié de nous.

Sainte Marie, priez pour nous.

Sainte Mère de Dieu, priez pour nous.

S. Camille converti, vrai prodige de la grâce,

S. Camille, ayant vécu de la foi,

S. Camille, toujours appuyé sur l'ancre de l'espérance,

S. Camille, embrasé du feu de la charité,

S. Camille, invincible à tous les traits de l'adversité,

S. Camille, qui avez trouvé la perle précieuse dans la pauvreté,

S. Camille, qui avez pratiqué l'obéissance et la chasteté,

S. Camille, le père des pauvres, le soutien des Malades,

S. Camille, sage fondateur des Ministres des infirmes,

S. Camille, qui comme un rocher avez été inébranlable au milieu de la mer de ce monde,

S. Camille, qui comme un soleil constant dans sa course avez marché dans les sentiers de la vérité,

S. Camille, fils soumis de l'Eglise et attaché de tout cœur au siège apostolique,

S. Camille, fervent dans la prière et dans le Ministère de la parole,

S. Camille, modèle de mortification,

S. Camille, miroir de douceur, violette d'humilité,

priez pour nous

S. Camille, palmier de patience,

S. Camille, ami des Anges et terreur des démons,

S. Camille, rose de l'amour divin,

S. Camille, colonne inébranlable au milieu des tempêtes,

S. Camille, nouvel astre dans l'Eglise,

S. Camille, gloire de votre ordre admirable.

Agneau de Dieu, qui effacez les péchés du monde, pardonnez-nous, Jésus.

Agneau de Dieu, qui effacez les péchés du monde, exaucez-nous, Jésus.

Agneau de Dieu, qui effacez les péchés du monde, ayez pitié de nous, Jésus.

Jésus-Christ, écoutez-nous.

Jésus-Christ, exaucez-nous.

℣ Le Seigneur a conduit le juste par les voies de la droiture et de l'équité.

℟ Et il l'a fait arriver au royaume de Dieu.

Oratio.

Deus, qui sanctum Camillum ad animarum in extremo agone luctantium subsidium, sin-

gulari charitatis præroga{iva decorasti : ejus,
quæsumus, meritis, spiritum nobis tuæ dilec-
tionis infunde, ut in hora exitus nostri hos-
tem vincere, et ad cœlestem mereamur coro-
nam pervenire. Per Dominum.

Oraison.

O Dieu, qui avez décoré saint Camille
d'une singulière prérogative de charité pour
le secours des âmes qui luttent dans l'extrême agonie : Nous vous le demandons
par ses mérites, répandez en nous l'esprit de
votre dilection, afin qu'à l'heure de notre sortie du temps, nous puissions mériter de
vaincre l'ennemi et parvenir à la céleste couronne, par Notre-Seigneur Jésus-Chris t. (etc)

CHAPITRE TROISIÈME ET DERNIER

1ᵉʳ Jour.

Considération.

Saint Camille converti a mis les richesses de la foi et la connaissance de Dieu au dessus de tout : rien ne manque à celui qui a Dieu, dit sainte Thérèse, mais l'avoir perdu, c'est le comble de tous les maux !

Pratique.

Aujourd'hui, faire des actes réitérés d'une foi vive et reconnaissante envers Dieu, qui nous l'a accordée; gémir sur des parents, des amis, qui ne l'ont pas, croire pour eux qui ne croient plus...

Prière.

Saint Camille, obtenez-nous de rester toujours fidèles à imiter votre ferme espérance et votre inaltérable charité et toutes vos autres vertus, afin d'entrer avec vous dans le port du bonheur éternel par Notre-Seigneur Jésus-Christ. Ainsi soit-il.

Pater, Ave, Gloria Patri

2ᵉ jour.

Considération.

Saint Camille, désolé des péchés de sa jeunesse, mais non abattu, plaçait toute sa confiance dans les promesses, dans le précieux sang de Jésus-Christ, et dans le mérite des bonnes œuvres; il attendait toujours les secours d'en haut pour parvenir à la gloire céleste.

Et plus d'une fois la Providence a daigné l'aider tout à coup dans les détresses matérielles.

Pratique.

Pécheurs, ne désespérez pas, ranimez votre courage à la vue de saint Camille converti. Comptez, sur la Miséricorde qui pardonne et sur le sang du Sauveur qui lave les taches et les larmes du repentir; efforcez-vous

7

de vous enrichir avec les bonnes œuvres, et attendez les secours pour n'être jamais confondus.

Prière.

Saint Camille obtenez-nous (etc.).
> *Pater, Ave, Gloria Patri.*

3ᵉ Jour

Considération.

Saint Camille a aimé Dieu sans partage, il aurait voulu surpasser les Séraphins en dilection, il ne s'en tenait pas à de vifs sentiments alimentés par l'oraison, la contemplation et les extases; mais il s'efforçait de témoigner son brûlant amour pour Dieu par des actes héroïques de mortification.

Pratique.

Il faut dans ce jour formuler beaucoup d'actes d'amour de Dieu; désirer en formuler de bouche ou de cœur autant que nous aurons de respiration, autant qu'il y a d'étoiles au ciel, qu'il y a de fleurs sur terre, de grains

de sable sur les rives de l'Océan et s'appli-
quer à se vaincre dans telles et telles actions,
qui répugnent à notre volonté, à notre hu-
meur. . .

Prière

Saint Camille obtenez (etc.). *Pater*, *Ave*,
Gloria Patri.

4'Jour.

Considération.

Saint Camille a aimé le prochain comme
lui-même ; il s'est dévoué à le servir nuit et
jour au péril de sa vie, il se croyait devant le
Sauveur en présence des pauvres et des
infirmes, il travaillait au salut de leurs
âmes surtout à l'agonie, où le Démon fait
ses derniers efforts.

Pratique.

Aimer le prochain par la *pensée*, par la
parole, par les actes ; s'étudier à lui rendre
service, l'excuser si on l'attaque, demander
à Notre-Seigneur de *pouvoir* chérir même

nos malfaiteurs, de pouvoir les saluer avec bienveillance.

Prière.

Saint Camille, obtenez (etc.). *Pater*, *Ave*, *Gloria Patri*.

8ᵉ jour.

Considération.

Saint Camille a gagné le cœur de Jésus-Christ par sa profonde humilité, il s'est regardé comme un ver de terre, comme un échappé d'enfer, par sa douceur, sa patience, sa pénitence continuelle.

Pratique.

Retour sur nous-mêmes, afin de nous humilier, en pensant à notre passé, à notre présent, à notre avenir, aimons à nous soumettre, à passer pour un être inutile, à être ignoré

Prière.

Saint Camille obtenez-nous. (etc.). *Pater*, *Ave*, *Gloria Patri*.

6ᵉ Jour.

Considération.

Saint Camille aimait le crucifix comme le plus beau livre où l'on connait Dieu avec tous ses attributs et l'homme avec sa chute et sa restauration. Le crucifix n'était pas seulement le livre de la doctrine, mais il était pour le Bienheureux, le livre de la morale où toutes les vertus sont enseignées et pratiquées.

Pratique.

Demander la dévotion aux cinq plaies de notre Sauveur, à son précieux sang, le don des larmes, afin d'arroser le chemin de la croix non de notre sang, mais de nos pleurs...

Prière.

Saint Camille, obtenez-nous. (etc) *Pater, Ave, Gloria Patri.*

7ᵉ Jour.

Considération.

Saint Camille se perdait en Dieu au pied du tabernacle, où réside le Dieu du ciel, à la table Eucharistique, ou il nous divinise, à l'autel où il s'immole pour nous, et où le prêtre lui donne pour *ainsi dire* naissance, voilà pourquoi il a voulu être prêtre, afin de prier pour les vivants et pour les morts.

Pratique.

Faire une visite fervente au très Saint Sacrement, communier avec un cœur brûlant d'amour, entendre la Messe avec recueillement, y demander la conversion *spéciale* d'un pécheur et la délivrance d'une âme du purgatoire.

Prière.

Saint Camille, obtenez-nous. (etc.). *Pater, Ave, Gloria Patri.*

8' Jour.

Considération.

Saint Camille avait une tendre dévotion à la très sainte Vierge, il s'était converti dans une de ses fêtes, elle s'était montrée à lui, elle avait aidé des infirmes à bien mourir. Le bienheureux aimait à visiter le doux sanctuaire de Lorette où la mère de Dieu a signalé plus d'une fois sa volonté et sa puissance.

Pratique.

Imiter Marie dans ce jour par une acte d'humilité ; réciter avec ferveur neuf *Ave, Maria* ; édifier le prochain en lui parlant avec une tendre affection de cette mère *céleste*. . .

Prière.

Saint Camille-obtenez, nous. (etc.), *Pater, Ave, Gloria Patri.*

9ᵉ et dernier jour.

Considération.

Saint Camille a persévéré jusqu'à la fin. Depuis sa conversion il n'a pas commis un seul péché mortel et pas même un véniel, de propos délibéré ; il était si vigilant sur lui-même, sur les embûches de Satan, il a su plus d'une fois le mettre en fuite par ses austérités et ses ardentes prières. Et sa vie pénitente a été couronnée par une douce agonie..

Pratique.

Demander la grâce des grâces, celle d'une bonne mort. Adressez-vous à saint Camille, il a préparé tant de personnes à ce dernier passage.

Prière à saint Camille

Pour obtenir de bien mourir :

O saint Fondateur des Frères *du bien mourir*, vous qui avez assisté tant d'agonisants, venez nous rendre le même service dans nos derniers instants ; amenez avec vous du haut des cieux l'ange qui sera notre gardien, notre appui, notre protecteur et notre vigilant défenseur contre toute puissance ennemie. Saint Camille, obtenez la rémission de nos péchés, soulagez nos souffrances, remédiez à nos infirmités, guérissez nos plaies, délivrez-nous des douleurs de l'esprit et du corps, afin que purifié par une longue agonie, nous remettions notre âme entre les mains de notre Créateur et Sauveur avec le calme le plus parfait et sans désespoir ! .

Amen.

Pater, Ave, Gloria Patri.

TABLE DES MATIÈRES

7*

LIVRE III

La survivance.

LIVRE QUATRIÈME

Le culte à rendre à S. Camille.

GLORIA IN EXCELSIS DEO

www.ingramcontent.com/pod-product-compliance
Lightning Source LLC
Chambersburg PA
CBHW051138260626
47170CB00005B/1877